田园的忧郁

经典之作　名家译本

〔日〕佐藤春夫——著
吴树文——译

人民文学出版社
PEOPLE'S LITERATURE PUBLISHING HOUSE

图书在版编目(CIP)数据

田园的忧郁/(日)佐藤春夫著;吴树文译.—北京:人民文学出版社,2017
(日本中篇经典)
ISBN 978-7-02-010939-5

Ⅰ.①田… Ⅱ.①佐… ②吴… Ⅲ.①中篇小说-小说集-日本-现代 Ⅳ.①I313.45

中国版本图书馆 CIP 数据核字(2017)第 020428 号

责任编辑 **卜艳冰 王皎娇**
装帧设计 **汪佳诗**

出版发行 **人民文学出版社**
社　　址 **北京市朝内大街 166 号**
邮政编码 **100705**
网　　址 **http://www.rw-cn.com**

印　　刷 **山东临沂新华印刷物流集团**
经　　销 **全国新华书店等**

字　　数 **93 千字**
开　　本 **850×1168 毫米 1/32**
印　　张 **6.25**
版　　次 **2017 年 4 月北京第 1 版**
印　　次 **2017 年 4 月第 1 次印刷**

书　　号 **978-7-02-010939-5**
定　　价 **35.00 元**

目录

阿绢兄妹

我曾经在K县T郡的N村住过。想到这一点，我就觉得妙不可言。当时，我究竟为什么要想住到那样偏僻的乡村去呢？今天来分析一下的话，看来是出于一种好奇心理。不过，我当时真的打算在那个村子里度过我的一生呢。这事离现在不过两年左右，但我总觉得像是十多年以前的旧事，也许在那乡村一年不到的生活竟使我老了十岁吧，因为我在那乡村里的生活是非常寂寞的。我已把自己当时的生活状况写在《病蔷薇》（又名《田园的忧郁》）这部作品中了。

当时我自身的心情是寂寞的，而那乡村本身也是个十分寂寞的地方，换句话说，正是这一点很配我当时的胃口。那乡村离东京、横滨、八王子都只有七八里①远，但是从村子到这些城市去的话，交通非常不便。那里从前盛产铁路枕木，同行中无人不晓。这N村离开神奈川至八王子的铁路线有一里多路，一旦没赶上这条铁路线上的火车，那就非得

① 这里是指日里，一日里约合四公里。

空等三个小时。从这一点来看，毋宁说乘火车反而是不便的。村里的人外出，除了可乘公共马车到神奈川，只有步行。就说去马车行吧，离我所住的那一带尚有一里的路程呢。不过村里的人一点儿都不感到有什么不方便，因为他们过着极其单纯的生活。仔细一想，在我们所居住的东京附近竟有如此荒僻闭塞的乡村，这真是不可思议的事。其实我当初偶然发现这么一个地方的时候，也着实吃了一惊：那时我坐在颠簸而行的公共马车上，两眼望着路旁的田地、水塘、桥、树林、桑地、栽有杂树的丘陵以及长有桃树、梨树的果园，忽然，我的眼前展现出这块天地，引起了我的惊异。不过仔细一想，正是因为毗邻着大城市，反而会出现这样的地区。这是发人玩味的事，也是令人寻思的事。

村子所在地位于武藏野的一角，是在平原地带向山丘地带过渡的区域。那里重重叠叠地罗列着不少普通的山丘。在山丘地带的某些地方，大雨后常常会看到一些上古年代留下来的石矢。而在T川的上游——只有这一段流域有着一点儿开发过的农地，可以看到富士山山脉的某一支出现在南面山丘的远处。从某些角度看去，富士山只露出它那雪白的山巅，秩父山脉的诸山峰像云层似的——一到夏季，无人不认为是云——它微微发黑地显现在西面的地平线上。在这样的环境中，只见沿着那条大道的一侧，星散着几簇旧茅屋，而在远离大道的山丘深处，也有一些旧茅屋的屋顶出现。这些茅屋似乎在告诉人们：古人是选择什么样的地方定居的。而我住的房子，就是这种茅屋。

起初，我在N村I地区借了寺庙里的一间屋子住下来；大约过了三个月，就迁居到同村的K地区，租了一所房子。K要比I多走半里上坡路，所以更加不方便。

在我们从I往K搬家的时候，有一个女人来替我们引路，还帮我们搬行李，替我们在房前的水渠里洗濯发了黑的纸拉门。她热情、熟练地帮着我们料理。后来，她就经常到我们家中来走走了。我的妻子（这女人后来同我分离了）本就缺少个攀谈的人，所以经常同这个女人谈论各种事情，还不时地把衣物托给她去洗。

“真是个好人哪！”我的妻子经常这样地夸她。

这个女人叫阿琴，是村里的木桶匠万平的妻子，当时大约有三十五六岁，或许还要年轻些也说不定。不过说老实话，她长得很丑，所以实际上有多少岁数并不重要。阿琴的皮肤黝黑，脸形像栗子，面部又平又扁，大大的脑袋，几乎没有下颚，身体又肥又胖。她的丈夫万平是一副蟋蟀似的长相，身体瘦瘠。像他们这种长相的人，确实只有在那些农村中才会有，城市里是绝对看不到的。万平非常喜爱狗，有时会跑来看看我的狗，不过他不常来。阿琴却是经常来我们家的。秋季夜长后，阿琴会提着种种农产品，冒着连绵不断的秋雨来串门，并找出些话来谈论，她好像很爱攀谈。有一次，也是在这样的雨夜里，阿琴突然谈起了她自己的身世。我不知道我的妻子和阿琴平时常谈些什么内容，但是这天晚上碰巧我也在火盆旁，于是听到了阿琴说的话。阿琴的话要比我想象中来得有趣。我不知不觉地发生了兴趣，一直听她把话说完。这时我不禁惊叹：一个外表极平庸的女人竟能忍受如此不寻常的命运！我以方知渊深的心情，仔仔细细地打量着阿琴。我多多少少受到了感动，这也许同阿琴想引起我们关注的着眼点大相径庭，但是她的话确实打动了我的心。阿琴为此显得很高兴，说迄今为止，还没有人像我这样专心倾听她的谈话，所以阿琴向我表示了谢意。从此以后，阿琴一有空就来看我们，于是一次又一次地反反复复谈着她的身世。说起来，我这个人真是任性的汉子——我本是到乡间来寻孤独的，然而半年不到，我就对这种寂寞的乡间生活感到不满了。我由一种莫可名状的乡愁（指心和身），变为身心动辄就焦躁不安的状态。于是阿琴的谈话也终于使我感到很不愉快了，以致一看见阿琴，我就想逃开。由于我曾经非常烦恼地屡次听过阿琴说的事，所以至今尚能不走样地把阿琴说的事如实复述出来。

阿琴出生在甲州的M灵庙区附近，六岁时丧母，便由村里的寺庙收养。阿琴总是“大师父、大师父”地来称呼寺庙里的住持和尚，对和尚很亲热。阿琴一直以为自己的父亲死得比母亲还要早，所以自己是个孤儿。因为这是死去的母亲亲口告诉她的。但是，由于一件偶然的事情，阿琴的童心里也冒出过这样的念头：大师父会不会就是自己的亲生父亲呢？这是因为阿琴去村里上小学后，男孩子们天天取笑她：“喂，和尚的女儿，和尚的女儿！”阿琴起先以为自己受着和尚的抚养，这才招致别的孩子那么取笑她；与此同时，阿琴也说不上是为了什么，颇疑心和尚真是自己的父亲。不久，正如阿琴所怀疑的那样，她明白了和尚真是自己的父亲。这是在和尚临终的床前，阿琴的舅母告诉阿琴的。当时阿琴才八岁。

从此，真正成了孤儿的阿琴便由舅父舅母带去抚养了。舅父舅母住在离寺庙十五六里远的村子里，他俩没有孩子，所以非常疼爱阿琴。他们三人就这么在一起生活了一年半左右。

有一天黄昏，舅父家中来了一个陌生青年，这个年轻人身上洋溢着乡间根本没有的城市气质，他戴着帽子，一身旅行装束地走进屋来。舅父同他谈得很投机。接着，舅父把在一旁望着大人谈话的阿琴叫到跟前，说："这是你的哥哥呀。"

阿琴这时才知道自己有这么一个大哥哥。舅父还同这个年轻人一起喝起酒来。阿琴记得这事大概发生在秋天，因为当时已经生起火炉了。阿琴好奇地注视着他们俩，于是知道他们是在谈论她的事。也不知是怎么搞的，他们俩的嗓子渐渐地大起来，仿佛要吵架了。舅母跑进来劝解。舅父本是个极和善的人，平时很少发火，然而这次恼怒极了，舅母怎么劝也没有用，只听他大声嚷道：“你从小逃离家庭，母亲去世的时候也不来见一见，父亲大殓，你也没来。如今你怎么好意思踏进这个家门！”舅父又说道：“我怎么能把这孩子交给你这种流氓！她已经是我的孩子了。你有什么资格跑来‘哥哥、哥哥’地仗势欺人！”舅父推开了舅母。哥哥站了起来，他长得很高大。

阿琴告诉我说：“我当场就哭了，但看到哥哥站了起来，我又吓得索索发抖，不敢哭出声来。”

然而阿琴最后不得不被哥哥带走。哥哥对阿琴说：“我带你到繁华的城市里去，不是这种荒僻的乡村。”

哥哥把阿琴带到名叫八王子的市镇。阿琴同哥哥一起，住在一所房子的二层楼上。这所房子里只有一个老太婆。哥哥把阿琴带走的时候，将阿琴的物品以及父母留给阿琴的遗物，从舅父手中悉数取了过来。这很可能是哥哥用花言巧语欺骗了为人朴实的舅父舅母。来到八王子后，哥哥当晚就没在老太婆的这所房子里住。他把阿琴这个小女孩留在家中，自己不知跑到什么地方去了，三天不见他回来。有时候，他会接连三四天不回家。于是老太婆就拖着沉重的步子走上楼来。

“你碰上了一个坏哥哥，真可怜。你哥哥今晚又不回来了呀。你大概很寂寞吧，下楼去，下楼去，唔，同我一起睡吧。”

老太婆说着，那晚就一定让阿琴睡到她的被窝里去。其实，哥哥不回来，阿琴也不会感到什么寂寞的。当时，“哥哥很可怕”这一情绪还在影响着她。即使阿琴想同哥哥亲近，也没有亲近的机会。因为哥哥老是不在家。不过，只有一件事常使阿琴一心盼望哥哥回家来。事情是这样的：每逢哥哥不回来的时候，阿琴晚间就要被老太婆抱着睡，阿琴不愿意也没有办法，因为夜深时分一个人在二楼醒来，会恐惧得无法入睡。然而同老太婆睡在一起的话，阿琴得再三再四地和老太婆做下面那样的交谈——于是阿琴学着交谈的腔调，说给我听了。

“你哥哥不学好，又去游荡了哪。他还同女人勾搭上了呢。阿常也是被他弄得神魂颠倒，终于死去了。”

“阿婆，你在说谁死了？”

“阿常呀。”

“阿常？”

“嗯。”

“阿常是什么人呀？”

于是老太婆说道：

“是我的女儿呀。”

接着，老太婆讲起了女儿阿常的种种事情。说到末了，她就叹道：“想到这些，我觉得阿常真可怜，你也很可怜，我也很可怜，而我是最可怜的了。”

老太婆说着说着，最后放声哭了起来。她一边呜咽一边继续在说着些什么。

“阿婆，那种事就别去提了吧。”

阿琴说着，也哭了。她就这样哭着哭着，进入了梦乡。

老太婆的脊背已经完全驼了，老得简直像个小孩子似的，她每天晚上要向阿琴唠唠叨叨地重复那些话：

“是我的女儿呀。”

“想到这些，我觉得阿常真可怜，你也很可怜，我也很可怜，而我是最可怜的了。”

于是，老太婆自己也忍不住放声呜咽了。

“阿婆，那种事就别去提了吧。”阿琴说着，也哭了。

老太婆老是把那几句话挂在口上，每天晚上以同样的腔调把那几句话反复好几遍。阿琴觉得，一到晚上就要听老太婆唠叨，这实在是可悲不堪的事，又寂寞，又难受，又可怕。阿琴无法再忍受这种现状，反而一心盼望那个毫不可亲的哥哥能回家来。但是哥哥很少回来，有时有什么事回来一次，也无论如何不在家里多停留。哥哥回家来后，打开阿琴那只从舅父那儿拿来的衣箱，取出母亲的衣物和阿琴的衣物，一到晚上就不知到什么地方去了。于是两三天不见人影，甚至一个星期杳无消息。有一次，哥哥十几天不见人影后，突然带了两个陌生人回家来了。这两个陌生人把放在二楼的衣箱搬到楼下去，哥哥也紧跟在陌生人的后面走出去后，又有一段时间没回来。然而时隔不久，哥哥再次突然回来，这次没有带什么人。哥哥夸奖阿琴说：“你看家看得很好。”迄今为止，哥哥从未说过这类话。接下来，哥哥怂恿阿琴上街逛逛。阿琴来到八王子后，还不曾上过一次街呢，因为没有人带她去，而老态龙钟的老太婆是每天待在家里的。阿琴便随着哥哥上街去了。他俩遍逛各处，当走到某一个地方的时候，一直保持沉默的哥哥突然站停，拉着阿琴的手，非常亲切地对阿琴说：

“从今天开始，你已经是别人家的孩子了，懂吗？”

哥哥说着，哗啦一声拉开眼前那家人家的纸拉门，并且拉着阿琴的手，走了进去。然后，坐到里屋的门槛上，嚷道：

“老爷，带来了。”

只见屋里有两个男人正在谈着什么事，他们听哥哥这么一嚷，便一起朝阿琴望去，于是一个男人说道：

“唔，就是这个孩子吗？个子不小哪。”

另一个男人答腔说：

“是啊。看来两年后就能缫丝了。”

看来，哥哥是早就与他们商谈过的。只听哥哥说了声“那么拜托了”，就自顾自地走了。那个见到阿琴时说“个子不小哪”的男人，在后来相当长的时期里当了阿琴的父亲。他在阿琴身上行使了一个父亲——一个坏父亲的权力。而阿琴在谈这些话时已有三十几岁了，从来不曾得到过这位养父的什么照料。即使在当时，阿琴也没有向养父要过一杯茶，连门槛上都没坐过。其实，哥哥一离开，那个说过“看来两年后就能缫丝了”的不是养父的男人，便把阿琴带到某人家去干活了。当时阿琴是十岁。

阿琴的东家位于八王子附近。这是一家织绸作坊，所以除了阿琴之外，尚有十来个女工。虽说这些女工都是小姑娘，却也到了青春焕发的年龄，只有阿琴一人，要比她们小一截。不用说，阿琴是既不会织绸，也不会缫丝，什么都干不来。阿琴只能当当助手——在别人牵好经线，把经线团上的长线卷到织机轴子上，压住轴子轱辘轱辘卷经线时，阿琴就在牵出的经线与经线之间插入竹片，使经线不致紊乱。还有，当织绸的姑娘们不小心把梭子掉在地上时，阿琴就得给她们捡起来。这些比阿琴大一截的小姑娘就把阿琴当作作弄的对象，她们见监工之类的人不注意时，就故意把梭子往地上丢，命阿琴去拾。这一头的姑娘这么干了，那一头的姑娘也如法炮制。进而还在阿琴低头拾梭的时候，用脚去踢阿琴的脑袋。于是大家哄声大笑。如果主人或别的人在这时候进来的话，这些姑娘们就像老鼠听到了人的脚步声似的，立刻恢复平静，若无其事地继续干活，众口一词咬定刚才都是阿琴在捣乱。阿琴就老是挨主人的骂："干吗哭哭啼啼的！讨厌！"甚至还要挨打。这些姑娘在中午、休息时间和晚上，老是在一起说一些不堪入耳的话。被排斥在她们圈子外的阿琴有时候无法躲避掉的话，这些织绸姑娘一眼发现阿琴在场，就会冷嘲热讽地说：

"阿琴虽是个孩子，竟有男人了。"

"阿琴最爱听别人谈男人的事。"

阿琴每天不知要被姑娘们这样惹哭多少次。后来，碰到休息时间，阿琴就独自躲到堆房的角落里去，来逃避姑娘们的视线。阿琴一不在场，织绸的姑娘们就少掉了作弄的对象，顿感寂寞得很，便去把阿琴找出来。她们连哄带骗地把阿琴引到众人面前，然后做出种种恶作剧来。此外，阿琴穿着不洁，这也成了大家经常戏弄的内容。这些姑娘经常大声嚷嚷地骂阿琴，把她当作戏弄的对象：

"是个小叫化子，所以一个钱也没有，到了中元节也无家可归。衣服嘛，就只有那么一件。哼，小叫化子，小叫化子！"

"是个小叫化子，身上的虱子成群！"

“谁要是靠近这个小叫化子，也要传上虱子的。”

这些织绸姑娘说的话实际上一点儿不假。没有人给阿琴零用钱；中元节一到，大家都换了衣服，各自回家去了，但是阿琴无处可去；她只有那身衣服，过了夏天过秋天，没有衣服可换。

可是这儿也有一个老太婆，她见阿琴孤苦伶仃地没人管，便向女孩子阿琴探问起身世来。从此，这位老太婆照管起阿琴来了。暮秋时分，阿琴只穿着一身单衣。老太婆发现了这一情况后，脱下了自己的藏青色旧布褂子，为阿琴改了一件夹衣。等到天气更为寒冷的时候，便把这件夹衣改成了棉衣。她看到阿琴的头发里满是革屑和断丝，便帮阿琴洗头。阿琴的头上真已成了虱子窠了。

老太婆给了阿琴温暖；织绸的女工们大概对作弄阿琴已经有点儿腻了，也不像先前那样激烈地欺侮阿琴了。但是阿琴可以舒服一点儿的日子实在太短促了——一天，有一个织绸的女工说不见了五分钱，于是另一个女工说：“说起来，我的钱也少了。”而有一个女工说道：“我看见阿琴买过东西。”大家当场就怀疑阿琴偷钱。阿琴申辩说：“我一直过着种种穷苦的日子，但是我决不会偷别人的东西，即使是遗失在路上的东西，我也不曾拾取过。”（我相信这是真的，阿琴肯定是说的老实话，因为她是个很正直的人。）于是受到怀疑的阿琴坦率地做着种种辩解，但是别想消除人们的怀疑。阿琴在堆房里的稻草堆上哭了很长的时间，后来终因不胜委屈和伤心，当晚悄悄地逃了出来，也不顾有没有去处。

她就这样一个人来到了八王子。

村子里那时已静如深夜，八王子却是夜灯初上。阿琴彷徨在八王子街头，她想去寻找与哥哥一起落过脚的人家——那个每晚抱着阿琴哭哭啼啼的老太婆的家。但是阿琴怎么也找不到那所房子。看来阿琴是记不清那所房子，也记不清去那房子的路了。她好容易追忆起来了，走去一看，并没有那房子。这时夜渐渐地深了。阿琴正走投无路的时候，幼小的心灵里忽然有所触动：“何不先到那次跟着哥哥去待过五分钟的地方，再由那地方去找找送自己去做工的人家，然后打听哥哥的下落。”阿琴这么一想，就开始行动。她终于找到那家人家，走了进去，经手的那个男人还在。他责问阿琴：“怎么这时候回来？”于是阿琴一边抽泣一边用一个孩子能尽到的详细程度，说出了事情的原委。那男人说了一句“是吗”，又以出乎意料之外的和蔼腔调说道：“你哥哥眼下不在八王子，不过你不必忧虑，就住在我这儿好了，我是你的父亲嘛。而且，那种坏地方也不能再去了。”

第二天早晨，昨晚那家织绸作坊的老板为了搜索阿琴，来到了这里。自称是阿琴的父亲的男人一见来搜人，非常生气，骂道：

“揪住小孩骂作小叫化子，甚至诬陷为小偷。孩子虽小也无法忍受呀。你竟然好意思跑来要人！孩子既然回来也就算了，要是受不了被诬陷为小偷的委屈而闹出什么乱子来，我看你们有什么脸面来见我！”

阿琴躲在一边听到这些话，觉得非常舒畅。来人本是来带阿琴的，现在挨了骂，不声不响地回去了。于是阿琴那名义上的父亲显得很高兴，望着家里的人，笑了。这天，阿琴从这个父亲手里得到了一只两角的硬币，这是空前绝后的一次，由此可见这个父亲当时是多么高兴啊。阿琴综合了这个父亲日后表露出来的各种言行，很久之后才弄明白他当时那么高兴的原因：原来他让阿琴到那家织绸作坊去干活，是预先订了好几年的合同并预支过钱的。当他见阿琴没到期就逃回来的时候，心想："来得正好。"他打算把阿琴送到别处去干活，这样就可得到双份的预付款子了。而那只两角的硬币可算作对阿琴的奖励。实际上，阿琴也真是在逃回家的第二天，又被送到别人家去干活了。

阿琴第二次去的那家人家，也在附近的村子里。这是一家缫丝作坊。阿琴不久就学会缫丝了，她也很喜欢这活儿。一般说来，缫丝的工作台是一字儿排列在一间宽大的屋子里的。阿琴所在的这家人家也摆开着十五张工作台。一张张缫丝台凭借着一部大水车的动力，一起开动。阿琴是个小孩子，所以被分派缫一些下脚料似的断丝。在这里，阿琴不大受欺了，也就是说，谁也没把阿琴放在眼里，这反而对阿琴有利。再说，坐在阿琴边上那张工作台前的姑娘极温和可亲。阿琴在这儿年龄最小，其次就是这个姑娘了。她不厌其烦地教阿琴如何缫丝。这姑娘叫什么名字呢？阿琴往往眼看就要想起来了，却又忘啦；有时这名字已经到了嘴边，却怎么也讲不出来。姑娘生性沉静寡言，一天也难得说一句话，不过，她喜欢在口中小声地哼哼什么小调。阿琴的耳底至今还响着那小调的曲子，但是唱词一点儿也不记得了。姑娘的肤色出众，脸蛋儿十分可爱。坐在她的旁边，阿琴感到一种不可名状的愉快。不料有一天，这姑娘忽然不见了。起先是监工发现阿琴的旁边没有人在，便来问阿琴："那姑娘上哪儿去了？"阿琴本不知道，便回说："不知道。"监工就问众人，众人纷纷说道："大概有什么事吧。"其中有一个人说，刚才看到这姑娘在井边喝吊桶里的水。两个小时过去了，姑娘还没回来。不久，黄昏来临，天色渐渐暗下来。大家更着急了。有人说，也许回家去了吧？于是派人到姑娘家里去问。派去的人很晚才回来，由于姑娘并没有回家，姑娘的父亲很不放心，也从家里跟那个派去的人一起来了。于是有的说是"迷路了吧"，有的说是"中了邪气而失踪了"。于是召集了村里的人们，通宵寻找着这姑娘，但是怎么找也找不到。大家也只好不了了之，毫无办法。不过这事在人们中间议论纷纷。就在姑娘失踪后的第三天傍晚，突然一声巨响，整个屋顶都晃动了。大家吃了一惊，一起跑到院子里。起初以为是地震，不料到院子里一看，只见草葺的屋顶上朦朦胧胧地站着那个失踪了的姑娘，她像是出了神。众人再次大吃一惊。架好了梯子，姑娘总算下来了。

“接下来的事情是很有趣的。”阿琴这么说。据这姑娘说，她是被天狗捉去的。当时她正在井边喝水，突然来了一只高大的天狗，揪起她向上走去。于是姑娘被带到一处不知坐落在哪里的山中，山中聚集着很多这样的天狗。它们见到这姑娘后，一只天狗说：

“她是个好孩子，放了吧。”

于是那只把姑娘捉来的天狗说道：

“是吗？”

它没再说什么，再次把姑娘往高处带，然后用带子系着姑娘，把她从上面推下来。等到姑娘定神一看，竟然掉落在这家人家的屋顶上。从此姑娘更加郁悒，一个星期没和任何人说过一句话，唔，就是这么回事。其时姑娘大概有十五六岁。

“我这是有生以来第一次看到被天狗捉去过的人。”阿琴这么说。

阿琴就这样平安无事地在这家作坊缫丝。直到她十四岁那年的春天，她的那个父亲来接她，便辞别了这家作坊。阿琴舍不得离开这个熟地方。后来，她到八王子的冶游区附近干活，在一家小饭馆里当跑堂的。

阿琴一开始就不打算在这地方干下去，因为其他的女佣人以及顾客们处处欺侮她。老板娘骂阿琴“不灵活”，顾客们故意用一些难懂的行话来点菜，看到阿琴不知所措的样子，觉得很有趣。他们常常报了各种各样的菜名，阿琴下楼去取这些菜时，却是一样也没有。听到这样的情况，众人都高兴得捧腹大笑。不过阿琴一点儿也不懂这又有什么可笑的。如今想来，这些人可能在讲脏话。于是老板娘又大骂阿琴“蠢货”。这家饭馆里另有三个跑堂的女佣人，她们光是待在顾客旁边，所以端东西、传达什么事情，老是由阿琴去干。这饭馆虽小，来往的顾客却极为频繁。阿琴每天得上下楼几十次，累得两腿迈都迈不动，不是亲身经历过的人是体会不到的。何况这家饭馆开得早、关得晚，而每天早晨起得最早的又是阿琴，因为老板娘会把阿琴从床上叫起来，于是阿琴得替大家做早餐。阿琴如此逆来顺受，连她自己都有点吃惊了。不过没多久，阿琴还是逃离了这家饭馆。

至于究竟为了什么事逃跑的，她一点儿也没有谈。她只详谈了下面这样一件事情。

阿琴下定决心非逃离饭馆不可。不过这次她不愿、也无法逃到那个父亲处去。于是她打定主意，要逃就逃奔甲州的舅父家。然而阿琴身无分文，她的工钱大概全被那个恶毒的父亲领去了。顾客常常付一些小费给那些女佣，但是没有阿琴的份。阿琴呢，也不想要那钱。当然，阿琴还是设法攒下了五毛钱、七毛钱。不过，即使有了钱，能不能乘火车去甲州呢？怎么乘法？去舅父的村子又该怎么走？阿琴对这些事是一无所知。别的不说，她连舅父所在的村子叫什么村也忘记了。不过那村子的景色却历历在目。阿琴认为，到了那里自然会认得的。她举棋不定。黄昏时候，阿琴打定主意今晚无论如何得逃跑。她借口去洗澡，离开了饭馆。阿琴拿着毛巾，提着洗澡时擦身用的糠袋。这是因为这家饭馆规定：去洗澡时可以得到洗澡费和米糠。阿琴事先已把所有的钱带在身上了，其他的东西则一件也没带。但是阿琴想到去甲州路途遥远，不免犹豫。阿琴在洗澡堂的门前思来想去，来来去去不知走了多少次，但是怎么也下不了最后的决心。这时候突然有人喝问："你到哪儿去？"阿琴答道："去洗澡。"对方好像没产生什么疑心，说了声："是吗？"这时阿琴才下定了决心。为什么碰上那么一个人，她就下了决心呢？这一点阿琴自己也无从解释。她见那人与自己擦肩而过并且消失不见时，便朝着相反的方向拼命奔跑，奔得上气不接下气时，便走上一段，然后又跑起来，跑得支持不住时，再走上一段，接着再拼命跑……步行……

等到阿琴醒来，发现自己躺在一个陌生的地方，周围像烟雾似的，白茫茫一片。不一会儿，阿琴终于明白自己是在哪里了，看来是在山中，她正躺在湿漉漉的草上。那白茫茫的东西乃是夏季山里的晨雾，又浓又密。接着，周围的景物渐渐显露出来，浓雾由下往上一点点消散，没多久，雾完全消失，一座高峰在阿琴的眼前巍然耸立，只有峰顶那一部分是在旭日的直接照射下。阿琴朝四周扫视了一下，只见一个白发苍苍的老爷爷忽然从树间的羊肠小道上走来，他身穿鹿皮做的山里人的裤子。老爷爷起先大概没有注意到阿琴，急匆匆地往前赶路，一直走到阿琴躺着的地方，才突然倒退了两三步。老爷爷定睛瞧去，显出一副简直不相信自己眼睛的神态，但他旋即开口了。

“喂，你在这里干什么呀？”

阿琴一边站起来一边说：“我打算上舅父家去。”老爷爷问：“舅父家在哪里呀？”阿琴一时无从回答。老爷爷又接着问道：“是 ×× 村？那么是 ×× 村或者是 ×× 村？”他连续报了两三个村名，大概都是指附近一带的村子吧，但是阿琴从来没有听到过这类村名。

阿琴下决心，说道：“是在甲州。”

“甲州？！你究竟是从哪儿来的！”

“从八王子来。”

于是老爷爷再次大吃一惊。他就像方才发现阿琴时的情况一样，又倒退了两三步。接着，用足以把阿琴惊恐得跳起来的声音嚷道：“你被狐仙缠住了！看，看！瞧你这副眼神！”

老爷爷像小孩子那样，用手指着阿琴，仿佛要朝脸上戳来似的。阿琴吓了一跳。这时老爷爷才放心似的说道：

“啊，好了，好了！现在狐仙离身了。你刚才那副眼神呀，实在把我的魂都吓跑了。”

他这才重新向阿琴身旁走来，详详细细地告诉她：“从八王子往这儿来，别说到不了甲州，完全是背道而驰地朝川越方向去了。与其说这里离八王子近，倒不如说是离川越近呢。还有，从八王子到这里来，这一路上实在不是女子和小孩可以走得的。”当他听阿琴说她“是走了一晚才来到此地”的时候，益发吃惊了，不禁频频点着头自言自语地说：“所以说是狐仙缠身了，因为这一带常有恶狐出没。”

老爷爷一边反复唠叨着“被狐仙缠身后，阿琴的那副眼神是多么可怕”，一边总算把阿琴朝他家中领。附近一带开着许多野百合花，那百合和阿琴差不多高。阿琴想摘一朵，忽然发现自己的手上还像昨晚那样紧紧捏着毛巾和糠袋呢！阿琴想，也许自己真的是狐仙缠身啦。这么一想，阿琴也想起一件事来了：昨晚拼命逃跑时，她不时地回头望望，每次都见八王子冶游处的两排红灯在身后闪烁，不论何时回头，不论回头多少次，不论怎么走、怎么跑，那红灯绝不会消失，而是自始至终保持着这段距离尾随在阿琴身后。阿琴一路逃跑，心里无时不在想：但愿那灯影离自己愈来愈远、愈来愈远。阿琴认为：大概是在老爷爷刚才大喝“狐仙缠身”而自己猛一惊的时候，狐仙才离身的吧。老爷爷也是这么认为的。

且说这位老爷爷的家，只有一间屋子，老爷爷又是独身一人。他是个烧炭翁。阿琴听凭老爷爷的吩咐，住进了他的小屋。老爷爷很爱怜阿琴，他安慰阿琴说："秋天一到，我要下山去，那时我就可以去物色一个去八王子或者去甲州的人，让他和你同行。"

对于自己怎么老是受到那些老公公老婆婆的爱抚这一点，阿琴颇有点儿不解。

阿琴几乎是一口气说到这里后，突然不往下说了。接着她是这么说的：

"后来我终于来到这种地方——也许这么说是很不应该的——我来到了这种地方。至于那个从我哥哥手中把我领去的人嘛，我事后听说，他是一个坏蛋，据说是赌场里的'老头子'。他让我做牛做马地干。他口口声声说他是我的父亲。我到哪儿，他就跟我到哪儿。大概在五六年以前吧，他死了。当我来到这村里同万平一起过日子的时候，我曾想把户口迁来，但是户口在'老头子'那儿，我又吃不准他会说出些什么话来。于是我去找人商量，结论是：还是等我到了二十五岁再说，因为二十五岁一过，我们就能自由结婚了。”

阿琴用了“自由结婚”这个名词。这大概是她当时常听人们这么说，便记在脑子里啦。

阿琴只是说她“后来终于到这种地方来了”，不过听的人马上就明白阿琴是靠什么为生而流落到这村里来的。当然，阿琴并不是至今还要对我们保密，她大概认为我们完全能估计得到，便把那些难于启齿的话免掉了。实际上，我们也不知从哪儿听来的，反正听人这么说过：“阿琴最初是在村子里一家几年前已歇业的乡村茶馆中当女招待，后来就在这个村子住下来了。”不过村里的人都没说阿琴的坏话，大家全说她是一个和蔼可亲、待人诚恳的女人。就连那个 I 寺的主妇——这女人无论对谁，总要评头品足地议论一番——她听到我们说“承蒙阿琴多方照料”的时候，也赞道：“阿琴这人哪，真是个正直可亲的好人呀。”

阿琴本人大概也觉得自己是个好人，她大概是自己鞭策自己如此为人的吧，因为阿琴说过这样的事。

自己受过各种苦难，所以很能理解别人的困难。自己本来住在由八王子通向横滨去的路畔，是在一处沿路而略为高起的地方。有一次，自己在家中干活，忽见道上走来一个陌生人，他拖着沉重的步子，一副忧心忡忡的样子。不问可知，这个人肯定是穷得走投无路。如果是一般的人，何苦在这无处没有阳关大道的世界中，来八王子至横滨的路上做艰难的徒步呢？这种人已经屡见不鲜了。自己有时看到年轻的男女行人一起走过；有时看到男的行人抱着婴儿走过；有时看到青年女子坐在我家旁边的树荫下休息了一个多小时还不想动身，自己想，这女子可能有身孕；有时看到疲乏不堪的老人来我家要水喝，打听到横滨还有多远。自己对这些人总要搭几句话。自己深有体会：在这种时候，一席亲切的话语将有多大的力量啊！此外，自己总是就现成的东西给他们一点，或是三分钱五分钱，或是饭团、甘薯。对方开口乞讨，自己当然要给的；对方没开口要，自己也给——我主动问道："恕我冒昧，你想要点儿什么吧？"对方先是发愣地望着我，然后答道："想要。"这些人的反应几乎是千篇一律的。当他们从我手中接过东西时，便千谢万谢，说道："此番恩德，绝不忘怀。"有的人一定要知道我的姓名，说他现在去东京，回去后一定写感谢信来。像这样的人，至少也有三四个，但是没有一个人写来过。自己倒不是想要人家致谢，但时常会想到这些人后来不知怎么样了？于是联想起自己过去的事来。

“不过，”阿琴说，“世上的人也真是爱飞短流长，我听说他们看见我给那些人五分、一角的，就议论纷纷地说什么：‘阿琴自己差点儿没当乞丐，却不知自己是什么货色而去施舍别人。’后来我要那样做的时候，总是躲着别人，偷偷地，有时甚至尾随三四百米的路程，看看没有旁人在场，便赶快把饭团什么的塞给对方。只好这么干。”

阿琴还就各种各样的人物，详详细细地一一谈论一番。不过，她谈这些人时不像谈自己的身世那样，没有反反复复喋喋不休的现象，只是谈一遍就过去了。因此我没有什么印象，也无法加以复述，这是很遗憾的。反正阿琴就是这一类的女人：她尝尽了人世的苦难，却依然为人善良，待人极其亲切。阿琴还时常会讲一些与她很不相称的无聊笑话，这种时候，我会觉得自己忽然在与茶馆女招待阿琴打交道了。

“可是，”有一个人这么说，“阿琴毕竟离不了她的历史，她非常爱风流，离不开男人。她来到这儿后，见丈夫万平是个极端的老好人，所以至今还同上她家来的那个总管有来往。每天傍晚，就要上总管的山间小屋去。据说途中碰到别人的话，她就说去山上弄点儿做桶的木片。然而到了山上，她就替总管烧洗澡水什么的。前些日子，在山中干活的年轻人，为欢度S地方主持的祭祀活动，全玩到了夜里两点钟左右才回来，他们回到山间小屋处，只见阿琴还在屋里呢。万平看到阿琴每天夜深后才同总管一起回来，也不说什么。因为阿琴从前也经常有这种韵事儿的，而万平时常要带着工具外出干活，有时得在附近一带流动着干上一个月。”

这是我听到的有关阿琴的传闻。

有一次，我们根本没有问、也不会去问这种传来传去的事情，阿琴却自我表白似的说这一些传闻纯系捏造。

“我的身世简直像一部小说。”

阿琴这么叹道。随即又说了下面的一段事——

阿琴自童年时那么不告而别地逃走后，没有再和哥哥见面。不但如此，她连哥哥在什么地方、在干什么，一概不得而知。而且连舅父舅母的情况，她也无从得知。阿琴已经想不起舅父舅母所在的村子叫什么名了。她即使想找人打听，身旁也没有人会知道。所以二十多年来，阿琴同亲人们是完全隔绝的。她觉得，也许舅父舅母已经死了。

不料就在三四年前，阿琴竟然与亲人出奇地重逢了。

那是三四年前的夏初时节，有一个陌生人突然找到阿琴的家中来。他说他从横滨来，看上去像是行商的。阿琴觉得他是商人，但他什么货物也没带。此人是特意来看望阿琴的。他一见阿琴，就说："实在冒昧……"首先打听阿琴的籍贯。然后突然问道："你有没有一个哥哥，他在二十年前与你分离了？"

阿琴吃了一惊，因为她近来已经不大去想哥哥的什么事了。即使偶尔想及，也没有想到会再次见面或希望能见见面什么的。现在被这个不速之客一询问，阿琴一时无法回答，只是出神地觑着陌生人的脸。但是来人究竟是不是哥哥呢？阿琴辨认不出来，因为她完全记不清哥哥的面貌了。阿琴回想起哥哥当时同舅父吵架的情景，觉得哥哥应比来人再高大一些。陌生人见阿琴不知如何回答才好的样子，便说道：

"我是受人之托来找你的。我听别人谈起你的事，便觉得我受托要找的人，一定是你无疑了。”

阿琴心想：原来如此。这人果然不是哥哥哪。当阿琴知悉来人不是哥哥后，反而有点儿不放心起来。她心想：哥哥现在究竟在干什么事呢？大概又在设圈套害我了，最好别让万平受惊吓才好……要不，就是哥哥做了什么坏事，他这号人是什么坏事都干得出来的。那么眼前的来人会不会是警察呢？阿琴狐疑不已，胸口怦怦直跳。不过，阿琴又觉得还不至于如此吧，再说人家这么询问，也不能回说“不知道有这么一个哥哥”呀。这时候，一种要与哥哥重逢、想见一见哥哥的心情突然涌了上来。

阿琴简短地谈了谈自己的身世。于是来人说道：“果然是这么回事哪。”接着，来人把嘱托者，即看来是阿琴的哥哥的那个人称作“方丈”。阿琴询问后，来人说这位哥哥现在在横滨野毛的A寺当住持。并说这位哥哥曾表示：如能找到，他很想立即见一见遭自己迫害的妹妹。阿琴核实了哥哥的年龄，又问了种种有关的事情，情况完全吻合，看来那位住持的确是阿琴的哥哥了。不过阿琴总觉得不能相信来人所说的话。最后她甚至这样想：也许那住持和尚要寻找的妹妹，是一个与自己在世上的遭遇完全相同的别的女性吧？

那天，万平恰巧到U家去修理洗澡桶了。阿琴便到U家去把万平找回来，与万平仔细商量后，决定：即刻就与来人一起去横滨见见这个不碰碰头就无从判断真假的怪哥哥。阿琴心里一直很不安宁，她想：即使见了面，相互之间都记不清对方的面貌的话，那怎么办呢？但是很值得庆幸，那是她的亲哥哥。阿琴一路上无论怎么冥思苦索也追忆不起来的哥哥的面貌，就在她看到亲哥哥的一瞬间，很不可思议地突然浮现出来了。

“啊！不错，就是他呀！”

阿琴当时只是发呆地站在方丈室的土间前，说不出是喜悦还是悲伤了。

对于兄妹俩分别之后的事情，哥哥一个字也没问阿琴，他光是沉静地向阿琴谈论有关自己的事情，一件一件地往下说，每一句话都在向阿琴致歉。哥哥依然是个大汉，看上去有五十多岁了。他侃侃而谈地告诉阿琴：他小时候不愿在父亲的寺庙中当小和尚而逃出寺庙，后来当过在乡间巡回演出的演员，曾经以赌博为生，也当过警察。哥哥杂乱无章却彬彬有礼地告诉阿琴：起初还不觉得怎么样，但最近四五年来，别说是妹妹阿琴，他还真想见见阿哥和舅父等亲人，当然特别想见见阿琴；经过种种周折，终于打听到了舅父和阿哥的住处，但是怎么也打听不到阿琴的下落；哥哥为此不止一次地亲自到八王子去过，差不多已经感到绝望了，真是悲苦不堪……

阿琴听哥哥这么说，才知道自己除了这个哥哥之外，还有另外的阿哥。不过仔细询问后，知道那阿哥与眼前的这位哥哥不是一个母亲所生，年龄也将近相差四十岁。而且那阿哥眼下在东京，是浅草有名的 NH 寺庙里的得道高僧，受到人们的崇敬。眼前的这个哥哥说："他同你我之辈不同，是一个极优秀的忠厚长者，一心一意致力于修行。"哥哥也同那位阿哥商量过寻找阿琴的事。哥哥对阿琴说："现在，把找到了你的事去告诉他，阿哥一定要欣喜若狂了。"并要阿琴务必去见见那位阿哥。

但是阿琴一点儿也不想去见那位阿哥。这也难怪，因为本来就是同父异母的兄妹，何况从未见过面，情况也还是第一次听到呢。再加上身份又相差太悬殊。相比之下，阿琴倒是很想见见舅父舅母。刚才听哥哥说到舅父舅母时，阿琴心中一闪："他们还活着！"当时她差一点儿没跳起来。不过阿琴没能说出口来，因为她觉得不能对哥哥太随便。然而哥哥自己谈起舅父舅母的事来了。

舅父和舅母都还在世，依然住在甲州，但已不是从前的那个村子，而是在山里的一家水力发电公司里当看山人。哥哥说："我早就在想，一定得去看望舅父一次，但一来是抽不出空，而更主要的原因，是我回想起自己从前的所作所为，实在无脸见人。为了阿琴的事，我实在无脸面对舅父舅母呀。"

于是哥哥向阿琴简单地谈了谈情况，原来兄妹俩在八王子分别后，他多次想去舅父处，当时他是在信州和甲州一带的江湖上混日子，所以给舅父处写过几次信，却一次没有如愿地见上面。哥哥说："后来嘛，起先是想找到你，让你先代我前去表示歉意。但是找不到你的下落，我绝望了，心想你也许已经死了。最近我正下定决心自己去一次。现在既然把你找到了，还是请你先去一下吧。"

接着，哥哥与阿琴商量："本来我应该同你一起去，但是马上就是盂兰盆节了，走不开。幸好眼下有一个熟人，他是那边山里的一家公司的技师，这次上东京替公司买东西，顺路来到横滨，听说两三天内再回那边山里去。所以，你要是方便的话，就同他一起上路，你看怎么样？如果可行，我派人去向你丈夫说明情由。如果不方便，下次去也行。你先回去一下，然后把你丈夫一起带来。”

阿琴听着哥哥的讲话，也不知泪水是什么时候流出来的，满脸都被泪水浸湿了。在泪水滴滴答答地落到膝上时，她才注意到这一点。阿琴坐在马车中时曾经翻来覆去地想：要是真的见到亲哥哥，我要告诉他这个、告诉他那个……现在一旦与哥哥相见，却一句话也说不出来了。不仅如此，她甚至忘记自己要想说些什么而来的。比如：为什么那样的坏人竟来当我阿琴的养父？八王子的那个阿婆怎么样了？阿常当时是哥哥的妻子吗？这些事，阿琴一句也没能问出来。有关从前的事情，阿琴始终没有问过一句。只是在回答哥哥的问话时，阿琴谈到了丈夫万平，谈到了结婚九年来还没有孩子这些事。夜深后，哥哥沉默无语，突然他像探问什么重大的事情似的，开口问阿琴：

“你今年多大了？”

“整整三十三岁了。”

阿琴回答后，哥哥却一声不吭。于是阿琴开口问了：

“哥哥，你呢？”

“四十三岁啦。”

哥哥回答后，依然默默地陷入沉思中。

……阿琴本来就想去见见舅父舅母，所以在哥哥的怂恿下，决定立刻去拜见住在山里的舅父和舅母。哥哥替阿琴置备了各种礼品送去，又请人通宵为阿琴缝制新衣。于是阿琴随同那个技师登上了去甲州的旅途。两人在甲府前一个叫K的地方下了火车，走了两里上坡路。傍晚时分，技师走进路旁一家门前有葡萄棚的人家。这技师沉默寡言，一路上几乎没和阿琴搭过话，所以他并不知道阿琴为什么要上舅父舅母处去。技师来到这家人家，也不说一句“到了”之类的话。不过阿琴跨进这家人家时，立刻感到“就是这里了”。

屋里住着一位老爷爷和一位老婆婆，再没有其他的人了。技师向两位老人请安致意后，抽起了香烟。老婆婆招待两人喝茶。阿琴这时一直端详着老爷爷和老婆婆。两位老人显得很精神，头发也长得很盛，只是完全变成银色了。毫无疑问，这两位老人就是阿琴的舅父和舅母啦。这是肯定不会有错的。

至于该从哪里谈起才好呢？阿琴一走进屋，原先准备好的话儿便忘光了。因为老爷爷和老婆婆，即阿琴的舅父舅母，他们先入为主，把阿琴看作技师的妻子，而且坚信不疑。于是他俩把阿琴称作“夫人，夫人”，像招待技师那样款待阿琴。

两位老人都向技师表示：“何必马上走呢，今天反正没有什么事了，虽说这屋子十分简陋，今晚就同夫人一起在这儿住一夜再走怎么样？看来还是等明天早晨趁天气凉爽时赶路为好。”

技师说：“歇上一口气就行了，顺腿就到达目的地啦。再说今晚有月亮，路上亮堂。”

舅母便说道：“你自己也许不碍事，可是夫人是女流，肯定已经累得够戗了哪。”

舅母说话的嗓音同从前完全一样。技师嘴里“哦，哦”地答着话，人却窘得不知如何才好似的站了起来。老爷爷和老婆婆向技师和阿琴致意说："你俩执意不肯赏光住下来啰？"阿琴受到两位老人的殷勤送别，更觉不知怎么是好了。她无奈何地又随着技师走出这家人家。于是技师回过头来问阿琴：

"你要去的地方不是这儿吗？"他感到很惊讶。

阿琴听技师这么一问，方始醒悟过来。于是立即返回舅父的家中，把应该向技师表示多亏他领路的感谢话都忘记说了。

阿琴一进屋就叫嚷起来：

"舅父！舅母！我是二十年前同你们分别的阿绢呀，我是阿绢呀！"

阿琴这么嚷时，只觉得心在随同话儿一起往上涌。她不禁哭倒在地了。

"阿绢？真的吗！这不是梦吧？"

舅母隔了好一会儿，才迸出了这句话。

"你还活着哪？"末了，舅父这么说道。

"我的眼睛不好，看不真切了。"舅母又说了一句，哭了起来。三个人都哭了。傍晚的光线昏暗，灯已经点上了。

“我的真名叫阿绢。在四处流荡的过程中，不知怎么一来就变成阿琴了。”

阿琴像是突然注意到了这一点似的，最后做了这样的说明。

田园的忧郁

（又名《病蔷薇》）

I dwelt alone
In a world of moan，
And my soul was a stagnant tide，

——Edgar Allan Poe.

我独自寓居在
呻吟的世界上，
我的灵魂是污浊的潮水。

——爱伦·坡[1]

现在，那所房子在他的眼前出现了。

那时，正是他的那两只狗渐趋顺和的当儿——它们曾非常兴奋地踢起沙土，在主人的身前身后时而跳跃着，时而亲

① 爱伦·坡（1809—1849），美国作家，文艺评论家。所写小说，设想怪诞，情节离奇。他提倡艺术至上，对欧洲颓废派的影响很大。

昵地纠缠一下；而这时候它们正开始安静下来，齐头并进地跟在主人的身后慢慢而行。

当道路在一处高高的树丛下拐了一个大弯的时候，他们的带路人——一个红发的胖女人说道：

“啊，总算到了！”

她的一只手捏了一条脏手帕，擦着从太阳晒黑了的前额上淌下来的汗水，另一只手指着他们要去的目的地。顺着胖女人那粗大如男性似的手指头望去，只见前方露出了一座小茅屋的屋顶，它坐落在浓郁得发黑的深绿色间。迎着令人目眩、闪烁不定的夏日的晨光，深灰色的茅屋呈现着一种端庄而稳重的气氛。

这是他第一眼看到他们这个家时的情况。这时候，他和他的妻子把各自在茅草屋顶上游弋的目光移至对方的脸上，互相望着，用眼睛交谈起来：

“一见之下，我就觉得这房子很不错。”

“嗯，我也是这么想的。”

他凝视着那所茅屋朝前走去，心里总感到自己在很久之前曾经看到过这茅屋，不知是在梦里见到的呢，还是在幻想中见到的？也可能是从疾驰着的火车车窗内望见的。实际上，以这种茅屋为中心的视野真是无处不有——那种侧影原是极平常的农舍风貌，而这种风貌眼下很使他神往，因为他现在正憧憬着这样的地方。他之所以要选这种地方安家住下来，道理也就在这里。

这里已经是广阔的武藏野①的南边尽头了，地势将由此渐渐转入山丘地带——也就是说，这里是具有山乡余韵的尾声部分；眼前的这些小山丘像起伏的波浪，担当起打入大草原的先锋来；极目望去，到处是此起彼伏的山丘，一条平坦的街道在这种山丘构成的劣等风景区里由东向西穿行而过；另一条街道由北向南伸去，道旁一带，是一个绿草萋萋的村落，排列着一些简陋的茅草屋屋顶。这儿靠近 T、Y、H 三个大城市，相距都只有二三十公里，打个比喻，就像在三股猛烈的旋风间造成的真空地带，这里成了世外桃源，被世人忘却，被文明冲刷，孤单单地存在着。

他最初发现自己面对这样的环境而感到无限欢乐、感到

① 武藏野是关东平原的南部原野。在东京的西北部。

心情出奇舒畅的那一次，乃是在这年岁暮时节的某一天。当他知悉在这种地方有着一个如此偏僻的乡村，不禁吃了一惊。而且，这一带宁静的气氛也使他感到十分新鲜。

他出生在遥远的南方，是在一个半岛的尖端①。那里的海岸犬牙交错，岸外是汹涌的大海，岸内是险峻的山崖。在相当于半岛尖端的胸次部位，有一个小小的街镇，这里居有低微却很聪明的人们。一条湍急的大河从街镇旁流过，浮在河上的长长的木排，你撞我推地向咆哮着的大海竞向奔去。故乡的这种令人销魂的景致多为典型的戏剧景象。相比之下，眼前这有着绵亘的山丘、天空、杂木树林、田地和云雀的乡村，就像是一首小小的散文诗。如果说前者的天然景物是他的严峻的父亲，那么后者就是他的慈爱的母亲。

他把自己比喻成一个“回头的浪子”②，他生活在令人窒息的大都会中心，心里早就渴望着能有皈依温情而平凡的自然界的一天。啊！这里一定有着静谧得犹如上古时期的幸福

① 可能是指作者的出生地——纪伊半岛的新宫。

② 此语原出自《新约全书·路加福音》第十五章。写父亲见儿子挥霍光财产后知错回家，不禁欣喜无比。

和喜悦，它正在向人招手呢。Vanity of vanity，vanity，all is vanity[①]（空虚啊，极端空虚，一切都是空虚的）！即使不是如此……哦，不，虽然说不出个所以然来，但生活在大都会中，气都透不过来，只感到被层层的人群压扁了。他置身在那种地方，就仿佛一架感觉非常敏锐的机械。那种地方使他变得出奇的敏锐。此外，那里充溢着喧嚣的春意，使他更感到孤独不已。

"喔！在这样的夜晚，我是多么想好好沉睡一下啊——不论什么地方，就在恬静的农家茅屋里，在暗红的灯光阴影中，随心所欲地伸展着手脚，把一切全丢在脑后……"当他像一个疲惫不堪的流浪汉似的在华灯下、在石板路上走着的时候，这种情绪就一而再地涌上他的心头，怎么也排遣不了。

"啊！沉睡，让我不知世情、忘却人间何年，让我沉睡吧！也可以说，这是一种宗教性的参禅，是我当前最渴望的东西——沉睡的参禅，即肉体还好好存在着的人的参禅。这

① 语见《旧约全书·传道书》第一章："虚空的虚空，虚空的虚空，凡事都是虚空。"

是我现在的当务之急，去寻找这个地方！快，快点儿到这个地方去呀！”他在心里这么嘀咕着。有的时候，甚至脱口而出了。于是，他感到有一种不可名状的像乡愁似的情绪，在迫不及待地央求他把自身带到那个不知道是在何处的地方去……（他是一个具有老年人的理智、青年人的感情以及孩子般意志的青年。）

现在，那所房子在他的眼前出现了。

道路的右边有一条缘道而流的小渠。道路大拐弯的时候，小渠也随之拐了一个大弯。渠水在其间流淌——它从长着杂树林的山丘脚下流过，它流过柿子树旁，淌过马棚边，穿过竹丛，它流经泡桐树地，从墙边开着大朵百合花和葵花的农家庭院前通过。

这条宽约六尺的小渠虽然实质上是一条引水灌田的水渠，但它能直接引灌来自远处山间的上游河水，所以它的美感不啻是一条山涧。而透过绿叶洒下来的阳光，使它更增强了山涧的色彩。

渠水把泥泞的红土刷洗得干干净净，自己却一点儿浑浊不起，浅浅地朝前流去。它不时被什么东西挡住了去路，便会闪烁着异常强烈的亮光，但随即变化成纤细的绉纱波纹，或者像发生轻微的痉挛似的，抖动着发亮。有的时候，这种小的闪光会像鱼鳞似的交替重合。当凉风习习、低拂过水面的时候，水上顿时会出现一条瞬间即逝的狭长形的银色薄箔。水渠的两侧长有茂密的芒草，长有一丛丛的野蔷薇——枝上的那些可以用来向情人一诉衷情的小白花早已荡然无存，还长有一些不知其名却各自开着花儿、结着果实的野草和灌木，当它们枝叶相接、密盖在水渠上方时，水流就仿佛在这些草木形成的隧道里通过似的。接着，水流又浮现出它那又黑又凉的身影，徐徐向前流去。

有的时候，渠水会悠闲地驻足休憩，仿佛旅人在回视自己所经由的路途而伫立不动。在这种场合，水色呈现着土耳其宝石①的色彩——因为夏日午前的天空就是这种土耳其宝石的颜色。这水色又像由玻璃板的侧面透视出来的色彩。

快活的蜻蜓逆着水流和微风飞行，身子轻捷地擦着水面

① 指伊朗、美国等地所出产的一种青色或青绿色的宝石。

滑行，并不时把尾巴在水里浸一下地产卵。这只蜻蜓乘着微风，朝着他们前进的方向，用着与他们几乎相同的速度跟着他们飞一阵子，突然一闪身，又向天空高飞而去。

他望望水，又望望天空，感到自己的心中涌现出一种孩子似的轻松情绪，简直想招呼这只蜻蜓而向它祝福了。他想到这欢乐的流水将会流经那所房子前时，不禁欣喜难已。

酷暑为了呈现出苦乐之情，使一张张树叶像宝石的断面似的闪烁着光亮，而树叶下的蝉正在高声呻吟，仿佛要被烤坏了似的。焦灼的太阳几乎是挂在头顶上方的天空中了。

但是，他的妻子并不感到怎么热；她并没有在头顶上撑起那柄绣有绣球花而且底色也是绣球花颜色的阳伞——这本是一个贫家妇女的防暑天盖，她是用她的沉思作防暑物了。她一面走一面沉思，简直无暇顾及热的感受。她在想：

这么一来，便可以逃离寺庙里的那间租借来的屋子而住进凉爽的房子啦——因为那间屋子正好迎着火辣辣的西晒太阳。尤其值得庆幸的是：总算能够远离那个僧婆①啦——她

---

① 原文是“梵妻”，指寺院里的住持的妻子，也泛指僧侣的妻子。

俗不可耐，贪得无厌，还要唠叨个没完没了。所以夫妇俩很希望能有一个安静、凉爽的住所；希望这样过日子：没有第三者，两人之间光说想说的事，不想说的话一概不说。这么一来，他那种像风一样难以捕捉、像海一样过分敏感的情绪和气氛也就会稍许稳定些了。他是那么神往乡村，以至于根本不去考虑如何安排自己那面积不大却是特意买来的农地了（尽管这本是意料之中的事）。更有甚者，他竟然会因此而不看一行字，不写一个字，什么事也不想做。如果提起这一类的事，他一定会叫骂起来。即使他还不至于如此，但他的双亲早就认定他毫无出息而弃之不顾了。特别是当他不顾一切地同自己过早地结婚以来，他的双亲尤其坚信不疑了。而他也不去孝顺双亲，整天无所事事地过日子——尽管他不承认这一点，但事实上他确实像是在做梦似的，整天无所事事地打发日子。有时候，他会极其专心地画几张、几十张谈不上何时可以修建而且毫无实用价值的房屋设计图。画着画着，他竟会突然奔到院子里，模仿狗的动作，同狗一起在草气蒸蒸的草坪上又是爬又是滚，滚爬之间，他又会突然撕拉着嗓子，大声狂笑、大声喊叫。他这个人呀，看来是感到非常孤寂哪。他什么事也不对我说，所以我也不明白到底是怎么回事。但总觉得他是有事瞒着我……

她想到了那本五六天之前读完的小说——藤村的《春》①。她的思想单纯，没有对自己丈夫的天资表示过什么怀疑。她感到自己的丈夫就是那部小说中的人物——他从书本里跑出来，来到自己的眼前，来到自己的生活里。

……难道丈夫竟会把他自己极富自信的艺术工作丢在脑后并抛弃掉，而打算在这种僻乡了此一生吗？哦，他这个人是在做着多么不可思议的梦哪……他对别人又亲切又和蔼，一副温顺的样子，但是对我呢，老是绷着脸，这是为什么呢？会不会是因为：在他对那个女人的恋情尚未完全断念的时候，我投入了他的怀抱，所以他不过是一时把她忘却罢了，不久，那股藕断丝连的情爱，会不知不觉间又萌发出新芽，把我当作多余的人，于是我就得受冷遇……像现在这样的情况，他本人也一定很痛苦……然而最不好受的，当然还

① 指日本著名作家岛崎藤村（1872—1943）所写的长篇小说《春》。这部小说曾在报上连载（1908 年 4 月至 8 月），是描写青年作家的自传体小说。

数我这个生活在他身旁的人。有时候，我的回答不称他的心意时，他就狠命地推我，或者打我，我也弄不清他为什么不高兴，竟然两三天不讲一句话……看来，他一定是后悔同我结婚，至少，他一定时常在想：如果不是同我结婚而是同那个女人住在一起，那该有多么幸福哪。他不光是那么想想而已，前几天还对我说过这样的话："如果我当时同她——同那个纯洁诚挚的姑娘在一起生活了，她就会把我完全同化，那我现在的生活——从各种意义上说——都会更加完美哪……"实际上我也很清楚，那女人要比我美丽得多、柔顺得多。我很明白：他是多么思念那女人哪……哦，不，不，不是这么回事。他大概还是在为了自身的什么事情而冥思苦索……对，他对我这么讲过："请你让我一个人安静一会儿吧……"

她忽然想起昨天晚上他亲切得有点异常地这么说道：

"我并不是不会温情。但要启齿说这一类的话，我感到很难堪，因为我生性如此。"

她一边回味着丈夫对自己说的这番话，一边朝前走，还想象着这所未曾见过的房子的布局。尽管她早已从新婚的美梦里醒过来了，但是能在这样的大热天里搬家，光是迁居的动机就使她感到心情十分舒畅。她想到这些，真是悲喜交集，而且颇感自慰——这是一个根本不曾见识过世事的年轻妻子会产生的特权思想。

那个引路的女向导在喋喋不休地谈着这所房子的由来。她对此毫无兴趣，所以光是漫不经心地答着腔，敷衍了事。

这引路的女向导一路上——在这炎暑笼罩下的长长的旅途中，始终唠叨个没完没了。女向导是那种想法很单纯的人——她认为，自己感兴趣的东西，别人当然也会饶有兴趣的。

这一行人在这条路上走了将近四公里。

那所房子现在立在他们的眼前了。

房前果然有一条小渠，渠上横有一座小小的土桥，桥面杂草丛生，中间是一条细细的被人踩出来的小路。大家由此通过这宽约两米的小渠，来到那所房子的门前。

大门的左面有一棵大的柿子树，大门里面也有柿子树。这些树的粗粗的枝干盘曲自如，它们像是在向仰望大树的人介绍自己的身世："我在这儿站了很久很久，果实也越结越少了。”只见老树干上长着一根大树枝，树枝下有一株槲寄生。树的右边，有一条小沟，把住宅同泡桐树地隔开。这算是什么水流呢？水势非常细小，像是要干涸了，那条小沟中的水流尤其细小，比男人的腰带还要窄，沟中的水断断续续地淌着，上气不接下气似的。被水浸湿了的地方，全是开着蓝色花儿的鸭跖草，在这些鸭跖草中，有许多野花在不断蔓延，其中有被孩子们唤作“金米糖”① 形状的白中带点儿浅红的小花，有被孩子们唤作“红馍馍”的野花。这是一些能唤起令人难忘的少年之心的花草丛。

白天，在那些大概是停宿着萤火虫的小草丛里吧，长有十五六根一簇的芦苇，芦叶上有着鲜明的竖白条纹，这些又长又宽的芦叶在风中清脆作响，摇曳不停。来自房子后面的流水，由这些小草的茎下穿过，洗濯着一节节短短的芦根。流水弯弯曲曲地仿佛解开了结的丝线，光闪闪地轻轻晃动着漂流而去。于是有些细长的草叶迎着流水弯下了腰，而这涓涓细流被这些弯下的草叶所挡，一时不能畅通了。细流

① 金米糖是一种小粒的糖点心，用糖和面粉做成。

由草叶处流过，像铜壶滴漏计时器里的水一样，点点滴滴地注入道旁一条较大些的水渠中。他感觉到这房子的屋后大概有一股小小的清泉在不停地向外冒——因为地势颇能说明问题。

房子后面全是竹丛，同山丘相连着。竹丛间长着一株高大、美丽的山茶树，它在淡雅的竹丛间郁悒而立，仿佛是一个异端者。房屋的院子四周围有高高的——比人还要高的——杨桐树树篱。眼前的整个房子完全被埋在枝叶茂密的树丛中间、被埋在茂密的草丛中间了，这同从远处望见房子时的情景没什么两样。

两只狗一一由土桥旁边朝下跑，相继品尝着水渠中的流水。

他不想走过土桥，而是一味深情地望着这所房子，心里直想吟诵“三径就荒”① 的诗句。

“嗳，这所房子的进口处，景致很不错呀，是不是?”

他由这房子周围的闲适和隐士居处的气氛中觅得了几分

① 这是我国晋代诗人陶渊明的《归去来辞》中的句子，写隐士的居处。

相应的情趣后，便对妻子那么说。

“是的。不过相当荒芜呀。得进屋去看了之后才……”

他的妻子谨慎小心地这么回答。这是所有的妻子在规劝喜欢出尔反尔的丈夫时使用的语气。但是她旋即想到了什么，又说道：

“不过，一想起原来居住的那寺庙，真是什么地方都不会计较的。”

那两只狗刚饮过水，所以立即精神百倍，比主人抢先一步窜进了院子。它们选中了松下浓郁的树荫，无拘无束地舒展身子，躺在泥土上。它们伸长头颈，下颚至喉咙的部分紧紧贴住地面，以同样的姿势并头卧在两旁。它们曲体伸腿的样子完全一式一样，对称得十分可爱。它们垂着红色的舌头，喘着粗气，天真无邪地抬眼望着走进院子里来的主人，同时轻轻地摇着尾巴，显得很高兴。他觉得它们这种安定的神态说明了它们比主人更充分预感到“这里是自己的家”了。

如果这时候妻子在他身旁的话，他大概会对她说：“嗳，法拉迪和莱奥（两只狗的名字）也表示赞成呢！”

可是他的妻子正同引路的女人在一起力图打开走廊旁那扇长年不开的门，钥匙在钥匙孔里咔嗒咔嗒直响。

棵棵树木苍翠欲滴，青绿色的颜色层层相叠。错综的枝叶成了网罩，成了墙壁，成了屋檐，使太阳几乎射不到院子里来。泥土的气味冷飕飕地从黑色的地面往上涌。他就像一个嗅到香味的人那样，全神贯注地把脚下冒起来的泥土气息汲入心脾——直到那串钥匙不再铿啷铿啷发出阴凉的声响、廊边的门被打开为止。

“这才总算像个家了。”

他的妻子很不熟练地在糊着门前那扇昨天已洗干净的纸拉门。当她糊好最后一张，望着丈夫站起来要将纸拉门装到茶室和中间的起居室去的后影，感到十分满足，便满脸生辉地那么说。

“这才总算像个家了。”她重复了一句，“说是马上就来换地席……不过，我前天第一次看到这房子时，实在不喜欢哪。当时我心想：这种房子能住人吗？”

“那么，难道是住狐狸的吗？”

“简直像一所荒芜的茅舍[1]。要不，也可以说是蟋蟀住的地方。当时，地席上满是蟋蟀在争相逃窜，哦，你不感到怕人吗？”

“荒芜的茅舍？很好，荒芜的茅舍……喂，以后就叫它雨月草舍吧，你看好吗？”

（他们两人——妻子受到丈夫的感化，都赞美上田秋成[2]了。）

妻子看到丈夫脸上绽出了好久不曾有过的愉快笑容，感到很高兴。

“那么，这一次该把水井弄弄干净了。这是很费精力的事情。据说已有一年之久没用过这井水，井里的水已经臭不可闻了。”

“当然会臭得很厉害啰。井水得每天汲用，否则就像人

---

① 原文是“浅茅ガ宿”，原是上田秋成（1734—1809）的名作《雨月物语》中的一则故事。写某人外出经商，七年后回故乡，见故居仍在，妻子无恙，遂高兴非凡，不料翌日清晨一看，只见独自一人睡在草原上，边上是妻子的墓。此词后来泛指野草丛生的荒芜的房子。

② 上田秋成是日本江户时期的小说家，学者，诗人。代表作是《雨月物语》。

的脑子那样，会生锈的。”

妻子听了丈夫的讲话，心想：“又来了！”便失去了刚才那种活泼的气氛，提心吊胆地抬眼望着丈夫。但是丈夫今天好像光是这么说说而已，他的瘦脸上仍旧挂着先前的那种笑容。他的情绪非常好。妻子见状便安下心来，用撒娇似的语气补充道：

“此外，院子也必须设法整一整，气氛这样阴郁，叫人受不了！”

妻子疲乏地倚着墙而坐。他俩养的那只爱猫轻轻地朝她靠去，温柔多情地跳到她的膝上。

“阿青（猫的名字），你热得受不了啦？”

妻子说着，把猫抱起来。

他的家中有狗，也有猫。他有时心里喜欢起来，会忘乎所以地表现出极度的溺爱来。他的这种举止不久便成了他家庭中的一种习惯——他和他的妻子常常会像对人说话似的去同狗和猫讲话……

那是离他们夫妇住到这所房子里来好几年之前的事……

当时这村子里最富的N家的主人，由于年纪大了，特别感到人生寂寞不堪。其实，普普通通的人到了这种时候，最感迫切的问题也是需要有一个异性为伴——不论年纪大一点儿还是年纪轻一点儿。

于是，这个老富翁从城里带回来一位年轻女子，他为了得到这个风流人物，付出了自己一半的田产。这个老人的想法也真带有财主的特点，他决不挑选那种光长得好看却什么事也不会干的女子。他所选的女子是：即使长得丑一点儿，只要年纪轻，可以将就，但要对村子有利，更要对自己的发财有利。简单点儿说吧，老人带来的这个小老婆将在村里兼做接生婆，这是村里不曾有过的却也是不能少的一项工作。

老人把自己那所独立的会客间拆掉，在正屋的起居间外重建了一所。重建时，选择了在冬天可以从早到晚照到太阳光的方位，筑了七八米长的廊沿。穿过三铺席大的门口区，是六铺席大的餐厅，室内砌了地炉。在黑柿木的立柱和客厅的气窗之间，安着工艺讲究并镶有麻叶图案的纸拉门，其手艺精细绝伦，使村里人惊叹不已。木匠抚摸着这半新不旧的立柱，像是在炫耀自己的财产似的说：“这柱子毕竟是从自家的山林里选伐出来的，没有一点儿惹人不舒服的枝节印痕。”这房子内的厨房铺着地板，主妇可以穿着白袜套、窸窸窣窣拖曳着和服的下摆在厨房里干活，它同一般农家那种大栋梁下熏得乌黑而带有宽大土间的厨房不一样。

老人把家里的事情委托给四十几岁的长子去主持。老人是幸福的。村里的人喜欢就老头娶了一个年纪要小去一大半的小老婆一事，在背后说三道四。但是，这不足以影响老头的幸福。

然而，大凡和平和幸福，总是人生中最为短促的东西。它就像一只飞鸟的身影突然落往秋天向阳而立的纸拉门上一样，匆匆而来，匆匆而去。而在只望见鸟影的刹那之间，会有一种令人不可思议的寂寞感涌上心头。老人的平静生活就是这种过眼云烟。

年轻的小老婆不久就从城里找来了一个青年人。村里的人们把这青年人称作“大管家”“助产妇的大管家”。村民们当然不懂得助产妇是否一定需要管家先生。而那位颐养天年的老富翁见年轻的小老婆擅自雇佣年轻的大管家，感到非常不满。首先，在乡下人看来，这两个年轻男女的生活是过分奢侈了，同老富翁的预算相差太多。富翁开始考虑起“得让他们俭朴一些才好”，并同小老婆谈过好几次。起初是很客气地提醒几句，后来就直截了当地说了。有一天晚上，富翁为此事唠叨了半夜。“大管家”多半是隔着墙壁听到了他们的谈话吧，没过几天——这是小老婆来到这村里一年之后，也是年轻的“大管家”被小老婆雇用了半年之后，这两个年轻男女便在某天傍晚时分突然不见影踪了。

一位黄昏后由村外回来的马夫在第二天早晨告诉村里的人们，说他在暮色降临的山路上看到一张十分显眼的白皙的圆脸蛋，仔细一瞧，那是 N 富翁家的小老婆！

不过，这马车夫很可能什么也没看到，他大概听人说那两个青年人失踪了，便编出了这番假话。不然的话，他当天晚上一回到村里，一定会把他看到的情况当作不可多得的新闻一样，得意洋洋地去告诉别人。当然，一个人逢到这种时候，会有一种仿佛亲眼目睹似的编造事实的本能——这种艺术无论谁都多少会一些的。不过这就别去谈它了。且说这件事情发生后，使村里人活跃了一个时期——因为这些乡下人平时就缺乏可谈的话题。村里人的说法是：一个二十八岁的女人，当然应该同二十四五岁的年轻人相配，年近七十的老头子是配不上的。

可悲的是，自从小老婆私奔后，老富翁便埋头在园艺中，以栽种花草为乐。

老头儿开始把开花的花木集中起来栽入院子里。他昨天从别处把这株花木移植到自己的院子里，今天把那株花木移种到另一边，明天又说要去寻找什么良种花木。他天天摆弄着泥土，没有一天安宁。于是，春天有牡丹花，夏天有牵牛花，秋天有菊花，冬天有水仙花。小老婆不告而别之后，老头儿就让两个孙女——一个十岁，一个七岁——睡在自己的左右，这位种花的老头在床上睡不着，热衷推敲起那种陈腐的俳句。

又过了一年左右，老头儿死了。他在搜罗得来的各种花木之中自得其乐的时期，短促得简直是瞬息即逝。而他的这所房子，连同他的小女儿一起，均归乡村小学的校长了，因为这个乡村小学的校长是老头儿的养子。这位新主人精通算术，而且实际运算也十分出色，但他对于“美”，简直一无所知。于是，那个极精明的花匠哄骗了小学校长，把院子里的贵重花木席卷而去。计有大株的白木莲、山茶花、罗汉松、秋海棠、墨竹、棠棣、大种石榴、梅、夹竹桃以及各种盆兰。于是，这些不幸的花木只好匆匆忙忙地移居他处，它们甚至来不及在院子的土中好好扎下根。而其中有一些花木也许就为此而枯萎了。

小学校长住进新盖的校舍里去后，他从养父处得到的这所房子便空关着。于是他想：有人愿意租这所空房子的话，就租出去。校长的考虑是简单明了的——房子没有人住，就荒芜不堪，两元钱也好，一元半钱也好，收点房租总是划算的。

但是乡下人基本上都自己有房子，至少那种屋檐倾圮、陈旧得稻草屋顶上长满了青苔的祖传破房子，总是有的。而那些不得不租别人房子——尽管房子极阔气——的人，一定是穷得没办法以至最后只得把自家的房子都抵了债的穷人。于是，老富翁为了爱女、为了自己颐养天年而盖的这所房子，实际上成了一家最贫困的农民的借居处。老富翁在餐厅里为烧茶炊而砌的炉子，竟被借居者丢进了许多乱冒烟的松木柴。这烟被农家根本不需要的天花板所挡，无法夺路而出。于是房子里的墙壁、纸拉门、天花板、地席立刻被煤烟熏得发黑。可怜的穷庄稼人根本不以屋里的烟雾腾腾为苦，反而感谢烟雾带来了暖气。因为在秋季、冬季的长夜里，穷人得搓绳、编鞋地忙到深夜。

从第四、第五个月开始，借居者付不出房钱了，而屋里的地席已被磨坏，柱子上留有不同时间里刻下的种种形状的痕迹。校长先生想："至少总有粪肥给我留下来吧。"但是，当校长先生的雇工早上去舀粪时，发现粪坑本来就是空的。原来借居的穷庄稼人早就把粪肥运到自己租种的地里去了。

校长先生对这位穷房客非常不满，只要遇到人，也不管是什么人，便诉说和谩骂穷庄稼人太狡猾。从而做出了一个结论——"穷鬼是一点儿道理不讲的狡狯者"。其他的村民们立即表示同意校长先生的观点。于是校长先生认为自己的论点已可作为一种真理而得到确立。接着，校长先生想到：与其把房子借给那种家伙，远不如把房子空关起来好得多。因为租借给那种家伙，房子将受到人为的破坏；反之，空关起来倒是一种听任它自然荒废的作法。于是校长逐出了借居者。村里的人们无不认为校长先生的态度是合情合理的。

在那些日子里——就是在老富翁去世之后，没有一个人来关心过院子里的花草树木。房子、院子都荒芜不堪。唯有那穷庄稼人的小女孩，她在秋季的清晨，每看到菊花丛里的黄色、白色的小菊花，便折来插在自己鬈曲的头发上当发簪。这些菊花本是老富翁在世时所栽，后来野草丛生，竟像野菊似的，枝叶一年年衰败，茎也挺不起来了……

……他站在廊沿上望着院子，一面在那个引路的胖女人一路上唠唠叨叨的内容里夹进他自己这种独特的想象，似想非想、似思非思地入了神。

“法拉迪，法拉迪，”他的妻子在后面的走廊上呼喊着狗的名字，“喔，好极了，莱奥也来了。啊，真可爱。我不是给你们吃东西呀。法拉迪，你不要像刚才那样再到乱草丛中去玩了，那里有毒蛇。如果又像上次那样，鼻子被咬，喉部发肿，脸儿大得像个和尚，岂不叫人操心吗？听到没有？法拉迪你应该吃一堑长一智呀。至于莱奥你嘛，也要多留神，好在你比较听话，还不要紧……”

他的妻子用小姑娘唱牧歌的情调和嗓音，在对那两条像是自己的养子似的狗说着话。竹丛中吹来的凉风，经由他站着的地方穿过去了。

盛夏的废园呈现出繁茂的景象。

一切树木都尽量地往泥土的深处扎根，在深土中汲取营养，使全身的枝丫上长满树叶，充分地吸收太阳光——松树、樱树、罗汉松，它们按照各自的特点生长着。为了使自己尽量多地沐浴到阳光而快点成长，它们舒展着枝丫。当各自感到心满意足时，它们会使枝丫交叉、接触、缠绕、抵牾。为了使自身获得太阳的恩泽，它们不管别的枝丫的死活。于是，不能沐浴到阳光的枝叶逐渐消瘦下去。一棵小松树在杉树上呈着红色枯死了。杨桐树的围篱长得参差不齐，它们排列在一起，树端形成的线条很不整齐，扭扭歪歪的。这是因为晒到太阳的部分长得又高又密，而被种种大树遮住了太阳光的部分就无法拔高了。此外，由于某一部分长不出树叶，那里就裂开着一口子，仿佛城堡上的观察孔似的。而某一部分又重重叠叠地覆盖着茂盛的树叶，简直要成团了。还有一些地方，围篱仿佛断去了一截似的。因为它被沿围篱长着的大松树遮盖住了。还有，从围篱的当中会突然窜出野生的藤蔓来，那比大拇指还要粗的蔓条，会冲破围篱，像捆扎俘虏的绳子一样，一圈一圈地缠绕着大松树向上爬，一直爬到高得只能仰脸而望的树梢尽头处，然而这藤蔓似乎并没有满足——它挣扎着把那发疯似的触须伸向空中，焦躁得直想抓着什么东西才好。有一根蔓条竟然窜到大松树旁的一棵比松树还要高出一大截的樱树上，它比其他藤蔓爬得高得多，直向空中伸去。

在院子的另一个角上，梅树的新枝矗立，又长又高，仿佛一根直刺天空的枪。曾经辟为菊花地的软土上，杂草根深蒂固地蔓生着。这是一种生命力很强的草，形态和性质有点儿像竹子，它那坚硬的茎以及叶子在泥土的表面形成了一只只网孔，为了确立它自己的势力范围，凡是有节头的地方，都有根扎进土里，并向四面八方延伸。如果试着把其中的某一段连根拔起，可以看到一穗穗数不清的细根粘连着黑色的沙土破土而出，仿佛是人的手抓上来的。这表示了它们的求生意志，也体现出夏天万物竞相怒放的景象。

这类具有繁密的枝叶的众多草木就使整个院子显得非常荫郁，仿佛疯子的乱发垂挂在铅灰色的前额上。这些草木也给人一种感觉：它们正以某种看不见的重量，由上面压向这不很大的院子，又像是从周围一层层向院子中央的建筑物卷裹过来似的。

但是，使他感到非常恐惧的东西，并不是自然界所具有的这种暴力性质的志趣，而是那些在混乱中不绝如缕的人为造成的雅意，它是某种志趣的幽灵。那个精明的花匠几乎把这个废园掠夺一空，但是由眼前尚存在的东西中，确实可以很明显地令人想见老富翁当年种花草为乐的情景。大自然的力量也不能把那些迹象完全掩盖过去。例如那几棵有白色斑纹的罗汉柏，当年大概是修成茂密的枣形而站在院门至正门的路中间的。还有那株山茶花，它面对客厅、遮掩着厕所，而背荫的地方是瑞香。还有好几株呈覆盆状的雾岛杜鹃花①。那棵种了多年的绣球花，硕大的树叶已经晒得枯萎了，叶子中的一大簇花儿也蔫了。

这些花木散在像是被愤怒的巨人乱摔过一气的杂乱的院子中。想当年，这院子里的白色木兰花、瑞香、山茶花、秋

① 指鹿儿岛雾岛山附近产的一种常绿灌木，适于庭园栽培，开红花。

海棠、梅花、荷花、古老的罗汉松、茶花、胡枝子、盆兰、天然的大石头、繁茂的青苔、棠棣、墨竹、石竹、大株的石榴、水旁的鸢尾以及其他各种花花草草，都得到过人的精心布局和抚爱。现在，那美景经过大自然这种比北方的野蛮人还要凶横的蹂躏，实在不堪回首，但也可以使人想见那没有实现得了的梦景是怎样的景象。再说，即使这院子的每一个角落没有留下一棵当年的花木，那么从掩荫着门口的一棵枝叶苍翠的松树来看——它现在虽然是浑身披着又硬又粗的松针，但谁都能一眼看出来：这松树的枝叶从前曾受到过人的精心护理和修剪，树干也受到过爱抚。而现在的房主——小学校长正在琢磨把这棵松树卖掉，他已经想好了：下次房客再叫花匠来的时候，就让花匠在这棵松树的根部培上泥土①，把枯槁的松针整理整理。

你瞧瞧，那伟大得有时近乎残忍的自然界和命运的力量，它是如何气势汹汹地摧毁了故人的遗志哪！这些遗留下来的花木，这院子，它们现在既没有充满天然生意的野劲，

① 在树木的根部壅起相当大的一堆土，以便在一两年之后移植这棵树木。

也不具备玲珑的人工雕琢的形态，而是成了这二者胡乱糅合在一起的不统一体。它们所体现出来的气氛，与其说是丑陋，倒不如说是有一种不可名状的凄凉感。

现在，这所房子的新主人正伫立在树荫下，凝视着废园的夏景，他觉得有点儿令人不寒而栗，好像有一种恐惧感刹那之间由他的背脊上掠过似的。他自己也搞不清楚那究竟是什么东西，因为它迅速异常地一闪而过，根本来不及分辨一下。不过说来也有点怪，与其说它是一种精神性的东西，还不如说它是官能性的、犹如动物所怀有的那种恐惧感。

那天，他在这所新居的凄凉的院子里，顺着树木踯躅了好一会儿。

在房子侧面的栎树下，蚂蚁排成又黑又长的行列朝前迈进。其中有些蚂蚁驮着它们的珍宝——粮食。每隔开一些距离，就有稍许大一点儿的蚂蚁出现，仿佛是向队列下命令的蚂蚁官。蚂蚁碰头的时候，双方就停下来交头接耳一番，好像是打招呼，又像是在互通消息或要求对方传达什么话似的。这就是极普通的蚂蚁搬家。

他蹲下来，凝视着这支小商队。他从蚂蚁的行动上得到了片刻的儿童乐趣。他这时才发觉，自己已有很长的岁月没看到这种景象了，或者是见到了也没心思去仔细看一看。可见除了少年时期，自己后来是既没有定心地仰脸赏过月亮，也没有欣赏欣赏小鸟——尽管在儿童时期自己要比其他的孩子加倍着迷于这些爱好，但现在几乎完全忘却了。当他注意到这一情况后，觉得自己不胜可悲，但又觉得不胜可喜。

他怀着这样的情绪站起身、正要迈步的时候，突然看到那棵栎树的树干显出一副怪相，原来是一只蝉蜕正伸着月牙形状的粗大前肢，紧紧地攀附在树干上。这是一袭全身红灿灿的微型盔甲，背部的正中央裂有一条口子。再仔细打量一下树干，可以发现比蝉蜕高三四寸的地方，纹丝不动地停着一只蝉。难怪它一点儿也没有惧怕人的样子，因为一眼就可以看出这只蝉刚出世不久，它还很嫩，身体也是软的。这只虫儿就那么一动不动地在静心体察着空气的神秘性能。它那柔软而未发育完全的整个蝉翼都是乳白色的，而且小得缩在一起，显得不胜可怜和可悲。只有身上的绿色条纹特别显目。这是一种鲜明而令人愉快的绿色，它顿时使他联想到从豆种的白色裂口中萌发出来的双叶嫩芽。其实不光是颜色，那整个蝉翼就仿佛是植物的萌芽。同样是生物，虫和草固然是不同的东西，但是他从它们会具有某种相通的形态而获得了启示。大自然本身也许没有什么统一的法则，但是，人们至少能够根据各自的爱好而从中寻找出各自的法则来。要是更加仔细地观察一下，可以发现在这小虫扁平的头顶中央，极其精巧地镶嵌着一块比微小的红宝石更为玲珑剔透的东西。这形同宝玉似的东西在科学上叫什么名称呢？也许是叫“单眼”吧。但他对此是一窍不通的。然而他觉得自己要比任何人更懂得它的美。这种美使他感到这微不足道的小虫的诞生是神圣的、令人膜拜的，所以也是异常有分量的。

在他那贫乏的知识中，他好像知道“蝉从幼虫长至成虫，得经历二十个春秋”，他依稀记得这话好像是在某时某地从农科的学生那儿似懂非懂地听来的。啊！这种小虫，它只是为了过那种被人目之为“蛙鸣蝉噪”的无意义的生活，竟然要经过这么长的岁月——几乎同他现在的年龄差不多哪！而它们成虫后的生命呢，只有几天——两三天或是一个星期而已！大自然造就出这种东西来，究竟是为了什么呢？哦，不，不，所谓这种东西，还不光是指蝉，不是也适用于人、适用于他自己吗？这由神所创造出来的大自然，恐怕是很荒唐的吧。而不以荒唐为荒唐地去理解事物，这才能有最为神秘的境界。哦，不，不，自己是什么都不理解，唔，只有一点是清楚的——蝉是那么无常，而谁又能说一个雄辩的国会议员的一生就不同于蝉呢？

看着看着，那缩紧的蝉翼渐渐舒展了。与此同时，蝉翼那半透明的乳白色在一点儿一点儿却也很明显地变化成无色透明的了。于是，蝉身上那样像萌芽似的鲜嫩的绿色，也相应地渐渐变黑，就像青草的嫩绿色在向常青树木的那种深绿色转化，并且很明显地显示出某种实际强度。

他面对这些景象，仔细观察了二十多分钟。在这段时间内，他简直是以一种病态的细致和周密来观察的——他自然而然地感觉到了一种令人透不过气来的严峻气氛。

忽然，他对自己的心扉说道：

“你瞧，这就是生于人世者的烦恼。连这种小虫儿都要为了降世人生而在这儿作如此的隐忍！”

接着，他又说道：

“这小虫儿也就是我呀！蝉呀蝉，愿你快快飞走吧！”

他就这么作了个奇妙的祈祷。其实不光是在这种场合，平时他总是如此祈祷的。

这院子的角上还有好几棵蔷薇。

这些蔷薇是沿着井边的排水槽栽种的，好像围篱一样。如果花儿怒放起来，恐怕就成了一垛四五米长的美丽的花墙了，真是“一架长条万朵春”① 哪。不过这些蔷薇是非常不幸的，因为有一排杉树在前面把朝阳挡住了，而西晒的阳光又被房子所遮，大块的阴影笼罩着蔷薇。至于正午前后呢，柿子树和梅树的树枝又夺去了沐浴蔷薇的阳光。这些杉树、柿子树和梅树树枝的茂密的枝叶竟像屋顶似的盖在那些蔷薇的头顶上。于是蔷薇的茎细得可怜，宛如蔓草似的，东倒西歪地站在一尺多深的杂草中。

季节已经过了八月半，但是那几棵蔷薇呢，别说花了，

---

① 语出我国唐代诗人裴说的《蔷薇诗》。意为：长长的蔷薇枝条上开着许多花儿，迎来了春意。

就连一片——确实是一片绿叶也没有长。为了确定蔷薇的茎是否还活着，他甚至只好摘断一根茎来看看才行。阳光和温暖完全被其他东西抢占去了，就连泥土里滋养这些蔷薇的营养质也被那些蔓生在蔷薇根部的无名小草悉数侵占去了。这些蔷薇似乎一点没有享受到大自然的恩泽，只是成了蜘蛛最好的立脚点——它们最喜欢在这种地方营巢。这些蔷薇就是为了还有这么一点儿用处，而不得不继续这么活下去。

蔷薇是他心爱的物件之一。他有时称它为“我自己的花”。因为歌德曾就这种花留下了一句令他难忘而充满慰藉的诗句——“蔷薇处处开”。不过，当然不光是有了这富于哲理性的诗句的缘故，因为他确也觉得自己由衷地喜爱蔷薇花。

蔷薇那丰满得容纳不下而像要溢出盛器来似的美态，尤其是那胭脂色的花朵，使他不胜神往。它那令人头晕目眩的浓郁的香味，不禁使他回忆起第一次的甜美接吻。他也会产生这样的感受，这就难怪古今的诗人们要把许多美丽的诗句献给这蔷薇了。在西欧的文字中，自古就有编蔷薇花王冠送人的记载。中国的诗人也没放过用他们那象形文字来讴歌蔷薇花的光华。诗人们还很珍爱大食国①的“蔷薇露”②，为了得到这种“换骨香”③，他们感慨系之地叹道：“海外蔷薇水，中州未得方”④。这些诗句表明，在诗的领域内，已经为蔷薇花打下了稳固的地盘，这传统甚至沿袭到了今天，如同一支稀有金属的矿脉似的。可以这么说，只要踏入诗的领域，到处都能听到有关蔷薇的种种说法。

于是，蔷薇的色泽和香气，包括蔷薇的叶子和刺儿，都把那无数的优秀诗句作为肥料，一一吸收进去——蔷薇使这些优美的文字的幻影在自己身后闪烁发亮，令人觉得它的枝条也要为此而弯折了。这情景使他感受到那花儿是越发地美了。这是幸福吗？不，毋宁说是非常不幸的，因为这种一般的艺术上的沿袭现象竟会根深蒂固地扎进他的性格中！他之所以要把艺术选为自己的事业，大概就是因为有着这种心灵的缘故吧。他的艺术天才在这种沿袭中产生，觉醒得非常

① 我国唐代把阿拉伯称为大食国。

② 指蔷薇花的花露。后引申为用蔷薇花露制成的香水。

③ 指用蔷薇花制的香水。

④ 语出我国宋代诗人杨万里的诗句，意为：外国有蔷薇花制的香水，我国却不懂如何制取。

快……也许就是这一些情况吧，使他在很短的时期里不知不觉地那么酷爱蔷薇了。当他还不懂得直接从自然界本身攫取清纯的美及喜时，就已经通过那艺术上的沿袭，把自己深深的爱慕全部奉献给这蔷薇花了。说来好像无聊得很，但他爱屋及乌，连“蔷薇”这两个字都爱慕不已。

然而，现在出现在他眼前的这蔷薇却是多么憔悴啊！他曾经在故乡旧居的院子里看到过由于沐浴在极温暖的阳光中而在三九季节长出花蕾的蔷薇。那是大朵的粉红色花儿。不过，那些蔷薇毕竟是被大自然的太阳暖气诱发出花蕾来的，所以在朝晚晒不到阳光的时候，即便是地处南国，对蔷薇来说，三九季节无疑是太冷了。他还看到过这样的现象：花蕾隔了好久还是紧闭状态，而那白中透红的花蕾瓣儿的最外层呢，说来奇怪得很，会渐渐出现绿颜色的细条纹；它的性质近似叶子，发硬，简直只能说是介于花蕾瓣儿同叶子之间的东西。

然而，他眼下所看到的这些蔷薇树却显得更加可悲，使那些花蕾不能与之同日而语。他望着这一些花木，心中冒出了一个跃跃欲试的念头——设法让这些不见阳光的蔷薇树和受到压抑的蔷薇树沐浴到太阳的恩泽，让花儿怒放。这就是他在刹那之间冒出来的心愿。但是，在这心愿中占有很大比重的乃是充溢着这样一种态度的心声——眼下，自己很适合去干这类富有戏剧味又颇有诗意的事。他自己也不得不承认这一事实（他的这颗心经常会在任何场合多多少少干出些与诚实背道而驰的事来）。他很想通过这花木来卜一卜自己行不行——让“蔷薇处处开”！

他一个人朝附近的农家走去。两条狗一眼就认清是主人匆匆出门了，便追了上去。没过五分钟，只见他扛着锈了的锯子和剪桑枝的剪子，带着两条狗，得意洋洋地出现在院子里了。

他笑嘻嘻地站在蔷薇树旁，仰起头观察了一番，看看怎么做才能使阳光倾洒到这块区域里来，与此同时，他把上衣脱了。他先用锯子锯横行在当头的柿子树的粗枝。呈白色的锯屑由树枝上纷纷飞落下来。当锯齿锯进一大半后，那未锯到的部分已无力支持树枝本身的重量，只听到咔嚓一声，树枝自行断折，又大又重的树枝掉了下来，它身上的一些小枝丫扑打在地面上。于是，太阳光立即从那空隙里溅落到形同枯枝的蔷薇树上，像是掷下来的，也像是泻下来的，又像是渗进来的。

沐浴着蔷薇的阳光在渐渐扩大范围，因为横盖在蔷薇上面的梅树、杉树和柿子树的枝叶被一一除去了。他用剪桑枝的剪刀扫去了蔷薇树上的蜘蛛网——那里潜藏着各种各样的蜘蛛，有一种叫捕蝇蜘蛛的短腿小蜘蛛，在叶子的根部筑起了像纸袋似的网；名叫“络新妇”的大蜘蛛发着玳瑁色泽，腿很长，它张起了很大的网。当他用剪刀把蜘蛛网捣破时，蜘蛛便像杂技演员那样灵巧地攀着蜘蛛丝逃跑。大剪刀尾随着追了上去，这些蜘蛛就吐着丝，从剪刀尖那儿垂下，落到泥土上、青草中、水凼里，想逃之夭夭，但是大剪刀把蜘蛛腰斩了。

这件工作使他浑身汗流浃背，也使他兴奋不已。起先，在那株最大的树枝坠地而发出响声来的时候，他的妻子走出来，看见他在干这种反常的工作，曾经朝他高声说了些什么话，但是他一句没有答腔。两条狗知道主人今天根本不愿意理睬它们，便互相追逐嬉戏，把整个院子闹得不亦乐乎。他高兴得欣喜若狂，简直想碰到什么就锯断什么，一切都不顾了。

他用剪桑枝的剪刀，把缠在松树上的那根粗粗的藤蔓齐根一刀切断。他觉得自己出奇的有力。当他逆着缠绕的方向、像松掉绳搓似的把这条藤蔓旋离松树树干时，他好像觉得松树旋即深深地松了一大口气。他用双手捏着藤蔓的端头，尽力拉扯，但是，这无疑是枉抛心力，只见由小松枝旋向树梢并进而缠到旁边的樱树上去的藤蔓被他这一拉扯，松树枝和樱树枝都弯了下来，大幅度地摇动，树枝上的叶子被捋落而掉下来，附在樱树枝上的毛虫也跌到了他的草帽上，但是藤蔓本身却像弓弦似的绷得很紧。这藤蔓好像板着脸，又是揶揄又是自傲似的在这么说："你这么点儿力气就想来吓我？我根本不在乎，你再加把劲试试吧！"他对这藤蔓束手无策了，最后只好听其自然，便搁下藤蔓去修剪杨桐树组成的围篱……

他从正午过后开始干这项工作，到了黄昏时分，这些杨桐树的顶端已修成一条长线，侧面也显得平整如墙壁。这时候，夕阳正好与"墙面"成平行方向射了进来，映照在杨桐树上，闪烁着美丽的光芒。这么一来，围篱中的那只大窟窿显得尤其难看。

"啊，现在干净利落了呀。"

这是从庄稼地回家去的农民经过此地时，由那只大窟窿望着院内的房子而说的恭维话。

接着，他顺手把遮盖在水渠上方的细柱柳的枝条也修整齐了。这天的晚饭，他吃得特别香特别多，晚上也睡得特别甜。第二天早晨醒来时，他发现身子像木头似的发硬，关节也在发痛，对此，他只好苦笑笑。

几天之后，当一位花匠——其实也是兼干农活的农民——走进了他家中的院子时，只见藤蔓依旧执拗地紧缠在松树枝和樱树枝上，但是藤蔓上那像蜈蚣似的叶子已经萎蔫，有的叶子已完全失去了绿颜色。而那些等于是树的手指的疯狂的须蔓，全都有气无力地萎缩了。他仿佛看到了坏人在舞台上的最后结局，心情十分舒畅地蹲在檐下仰望着花匠在松树上宰割粗藤蔓。

"再晒上四五天，这些都是很好的柴禾哪。"花匠忽然从松树上向他这么说。

"这些家伙十分顽固呀！"他这么回答后，独自思忖起来，“是啊，不可一世的藤蔓这么快就变成又枯又丑，这也是把它养得如此壮实的太阳的威力呀。”这藤蔓的事使他联想起古代的寓言了。他又想及：自己的意志——人的意志可以左右自然界的力量。其实他也是在为自己——人的意志能替代自然的意志而感到自负。他又漫然有所思地觉得：对自然界来说，藤蔓那样地生长本没有造成任何不便的地方，却要遭到……反正哪，开始就是由人辟造的院子，直到最后也离不了人的……

但是那些蔷薇会变成什么样呢？也许能开出花来？他以充满期待的心情，愉快地起身走去望望蔷薇。其实他今天早晨已经仔细察看过了——太阳明亮地照在蔷薇上，前途有望，此外，并没有什么变化。

这样过了好几天，关于蔷薇的事，他也忘却了。又这样过了好多天。

从夏季到秋季，自然景物也在静静地变化。他很清楚地看到了这一变化。首先是夜晚有了秋意。纺织娘、蟋蟀等最先得知秋季来临的虫儿，开始在草地、在他的写字桌前以及在他屋里的地板下鸣叫了。田园将进入新秋的愉快的预感，使村民们振奋起来。村里的小伙子们为了寻找姑娘，会在凉爽的晚风中雄赳赳地步行十几公里路。有的人在练习打锣鼓，这是在为村里的祭祀活动作着准备。那单调的锣鼓声响得很有劲，沿着原野传到他的窗里，直闹到深更半夜。回村省亲的女学生——这是村里绝无仅有的女学生，她在Y市的师范学校求学——同他的妻子做了一个夏天的朋友，但是不久就撇下他的妻子，高高兴兴地回到学校所在的城市去了。

自从搬到这所房子里来之后，他那暴躁的脾气逐渐从他身上消失了。到了现在将进入初秋的时节，他的性情也自然而然地趋于平静了。他知道自身就如草、木、风、云一样，对自然界的影响十分敏感，但他觉得这是一种令人愉快也颇可自傲的事。那夜晚的灯光叫人留恋，这是煤油灯的光亮。它在像他这种身心都感到疲乏的人的眼里，是柔和、诱人的。这盏煤油灯是他用两毛多钱从一个来这儿的小贩手中买来的。那纸做的灯伞是一分钱买的。煤油灯的玻璃罩却因煤油的浸润作用，呈现出琥珀似的美丽色彩，有时候带有薄薄的紫颜色，使人想到了紫水晶。起先，他想在这煤油灯下好好读一读圣弗朗西斯[①]的传记，但是旋即就腻了。现在，在他身上已找不到一点儿毅力的影子，不论读着什么书，他都会产生一种“一切书籍全是无聊的”感受。不仅如此，他想到人世间竟然会对这一些极乏味的书籍感到十分满意，实在觉得不可思议。

他常常心不在焉地这么想：“在什么地方一定有着某种极为美好的东西，它能把人，把自己引到一个一切都与这个世界的组成是完全不同的另一个世界里去，或是会使展现在自己眼前的这个邋里邋遢的陈腐的世界焕然一新，成为一个从根本上脱胎换骨的崭新的世界。”

他每天晚上要琢磨这样的问题：“难道太阳下面真不会有新东西吗？那么，世上的人们究竟是指望着什么而生存的呢？难道这些人只是卑怯地把自身的空想建立在他们各自的愚蠢上，却根本不知道这空想乃是梦想而勇敢地生活着的吗？不论是智者、愚者，不论是哲人、商人，都是这样生活

---

① 弗朗西斯（1182—1226），意大利著名的耶稣教信徒，崇拜耶稣，自甘清贫，创立弗朗西斯会和第二、第三修道会等。

着的吗？人生真有值得一生的价值吗？死呢？也有值得一死的价值吗？”

既然这种疲惫不堪的郁悒和厌倦已经根植在他的心灵深处，那么，作为心灵的窗户的眼睛所看到的世界万物当然全都是极其无聊的了。他很明白：要想在这种陈腐的世界里过一种崭新的生活，唯一的办法就是由自己来扭转自己的心境，别无他途。

然而，应该怎么做、用什么方法才能使处于那种精神状态下的自己焕然一新呢？他的父亲在那封大发雷霆的信中呼叫什么“大勇猛心”，他不明白这是指的什么，也不知道该到何处去把它找来，以便移植到自己的心里。他不知道怎样才能使自己的内心变得活跃起来。这一切，他全然不知道。所以，不论是乡村还是城市，只要是在这地球上，就没有他安居的乐园，根本没有。

“只有去听随万物之主的神的旨意了……”

他想，也许只好这么认为了吧。可是他的心并没有被砸碎，只是萎靡不堪而已。

他倾听着锣鼓的响声，眼前好像浮现出一群朝气蓬勃的年轻人围在锣鼓的周围。他露出了羡慕的神态。

在他的写字桌上摊着一些好像是他不曾读过也看不懂的书籍，他常常翻看着这些书，视而不见似的一个字一个字往下读。他还不时拿起一本颇大的辞典，为了从中寻找出最罕见的文字。他那疲惫的身心使他无法去读这些由一个个文字有机地组成的文章，但是这一个个文字却能唤起他种种的空想，有时甚至使他清晰地洞见了文字的灵魂——即所谓的“字灵”。这种时候，他会觉得文字这玩意儿真是难以言传的怪东西。他感到这其中有着深奥如神的涵义。

他极其模糊地感觉到：既然这一个个文字的本身是人类生活的一个个片断，那么，这些文字的集合体不就成了整个世界了吗？而且，最初发明这一个个文字的人的各自的心情，不是令人缅怀又不可思议地遗留在其中了吗？一旦创造出一个不朽的、经常被人们使用的词来，这创造者不就在这个词中不朽地永生了吗？是啊，是啊，必须十分清楚地看到这一点……

他还模糊地想及人们那奇妙的欲望和产生的作用——他们极想把自己的某一种心情清清楚楚地传达给其他的人。

对文字感到有些腻了的时候，他就翻看那辞典中的精美插图，从而知道了一些从没见过也从没去想象过的鱼、兽、草、木、虫、鸟类、各种家用器具、武器、各种古代的刑具、船、船帆的各种张挂法、建筑物的组成部分……他觉得很愉快。在这些器物的细小形态以及动植物之中，蕴有着种种的暗示。他特别感到：在人们发明出来的这种种器物中，充溢着人类的思想、生活和幻想，这情况就同文字的“字灵”中具有着某种东西一样。尽管这种感觉是极为片断性的，而他的内心生活其时也只有同思考这些片断的相应的力量。

他时常趁着这些感怀的余波，到了深更半夜，便写出诗来。在当天的这一夜里，他会自信这些是非常优秀的诗句。但是第二天一醒来就去看昨晚写的东西，竟觉得纸上不过是罗列了一些毫无意义的文字而已。这当然使他颇感吃惊——他觉得分明是有很不错的灵感涌上了心头，然而正想捕捉的时候，却化为乌有了。他自以为已经捕捉到手的东西，不过是“空间”，就如同在梦中拥抱情人似的。他每每为此而感到焦灼，同时又非常不安——这情景就仿佛听到有人在呼喊自己而回过头去看时，竟然一个人影都不见。

他又绘起房子的平面图来。他曾想象这房子的构造就像迷宫一样复杂。旋即也想到过科西嘉岛上的房子就是这副样子的——会客室和厨房合在一间大屋子里。他几乎是每天晚上都要在自己的笔记本上时而横勾时而竖划地绘房子的外形、房子内部的分布以及窗子的部位等颇具匠心的详图。后来，笔记本上已没有一页空白，连一小块的空当都成了很宝贵的东西似的。他找到空当后就满满地填上各种样式组成的直线。对于这一条条毫无意义的直线，他会产生无穷尽的遐想。此时此刻，他的心情简直就如同疯狂的画家被独自监禁时专心致志地画蔓草一样。

于是，那缺乏生机的寂寞无聊感又在他身上复苏，并且要持续好多天。

一天晚上，只听得吧嗒一声，有东西飞撞到他那煤油灯的灯伞上。

仔细一看，那是一只瘠螽。这只青颜色、显得很精悍的虫子，停在边缘映出浅红色光线的灯伞上面，于是红色与青色相映成趣，首先吸引了他的视线，进而，虫子的姿态和动作更引起了他的兴趣。只见虫子竖起两根足有自身一半长的长触角，缓缓地舞动着，与此同时，它绕着圆形的灯伞的边缘那一圈发红光的地方转，可以看到青颜色在爬动。他甚至觉得，这情景就如同一个人在沿着呈圆形的庭园外圈作着装腔作势的漫步。这只身子细长得很优雅的青色虫子，只是在苗条的脊背上有些红褐色。这时候，他想起松尾桃青①第一次看到萤火虫的红色颈项而作诗吟咏的事，觉得那种心情是可以理解的了。

这只虫子绕着圆形的边缘走了一会儿。后来，它突然轻捷地起飞，发出鸣声，落在墙壁的横木上，降到纸拉门的格子上，停向零乱的书架上，或者飞到他妻子的蚊帐上的什么地方——他的妻子知道丈夫在深更半夜也不一定会就寝，所以往往采取悉听尊便的态度而自顾自先去睡了。

有一位诗人曾经这么吟咏过云雀：“生为人类，不一定幸福。”所以有时他会出于同样的心情，这么想：“下世投胎

---

① 即松尾芭蕉（1644—1694），日本江户前期的著名诗人。

时，去做这种虫子也不错。”这种时候，他望着那虫子，会突然想象起蛟蜻蛉停在高筒大礼帽上那“小小世界”里的情景——青色的小虫背着又大又透明的翅膀，像小姑娘在喘息似的没有一刻安宁，它很不稳却很断然地停在黑得发亮、又多少有些怪模怪样的帽子的犄角上，并沿着棱角在帽子角上那一块地方慢慢地爬着……明亮的电灯光从上面射下来，默默地照着它……

他突然抬眼瞅瞅灯光，发现不是电灯光。眼前只有煤油灯的光亮。原来，这是他把煤油灯光同自己的想象混合在一起了，以为自己是在电灯下呢。

他为什么会突然联想及高筒大礼帽和蛟蜻蛉的显明对照呢？这叫他自己也不知其所以然。他只是觉得，那种奇妙、纤细的体态和小得简直微不足道的“小小世界”，很符合他现在的情绪，使他有一种莫可名状的亲切感。

瘠螽每天晚上到他的煤油灯上来。起初他一点儿也不明白这虫子为什么要依恋这煤油灯光，而且为什么要绕着灯伞兜圈子？但是仔细观察后就明白了。原来这根本不是瘠螽有什么兴趣和爱好，而是为了跳到这儿来吃一些麇集在灯伞上的其他小虫，这些小虫非常小，是一种青色的粉末状东西，简直像是夏季的自然界碎下来的齑粉。

瘠螽用自己小小的爪子把小虫子扒拉在一起，然后往嘴里吞。瘠螽的嘴就像什么钢铁制的精巧的机械装置，刚一张口，马上就从四面收拢了。这些极小的小虫子蠕动一下，只好听凭强者吞食。这些被食者眼看自身面临被吞食的境地，却无动于衷似的，它们又小又不可亲。如果用手指头轻轻一压，这些小虫子便只留下青褐色的斑点，完全消亡了。

有一天晚上，瘠螽又飞来了，也不知它是在什么地方、是怎么搞的，只见它已失掉了一条用来跳跃的腿；长长的触角也断掉了一根。

终于在一天晚上，那只猫不听从主人的制止，在书架上逮住了这个不幸者——主人每天晚上的朋友。猫把瘠螽尽情地作弄一番之后，张口吃掉了。他想起自己曾经有过的念头——“下世投胎时，去做这种虫子也不错。”现在不禁觉得这种小虫的生活也很可能是非常不得安宁的。

在他沉醉于这童话般的空想并加以仔细咀嚼的时候，他的妻子正静静地听着床下蟋蟀的鸣声，沉浸在另一个童话里。

她从蟋蟀的歌声中想到了准备冬衣，想到自己的那只空衣柜——猫跳上去都会摇动的空衣柜，又想及她那些现在早已不在身边的各种漂亮的衣服。这些衣服上的条纹、图案和颜色都历历在目。她回忆起那每一套衣服的不同来历，不禁在这些想法中夹进了深深的叹息，感慨系之地落下了眼泪。

她会以女性特有的主观臆断，把她自身受到的非人的苦难经历看作是人生最大的苦难，而且认为这种悲苦是无处可诉的。现在，他好像是要诉说“也不想付之于行动”似的，只是说道：“看似一无所有，实质无所不具矣！”看到丈夫是那种随心所欲、置身在象牙之塔里梦想却自以为鸟瞰着人生实质的人，妻子当然要觉得毫无指望了。她的脑子里时常会像做梦一样地浮现出自己进这山里来的形象，浮现出自己这一段短短的经历，浮现出自己的命运。她会把自己去同那些至今仍活跃在舞台上的同行（她原先是女演员）——她从前的竞争者——相比，感到十分羡慕。

……这个山村离这座山名叫N的山中小车站有八公里路，离可乘上马车的地方有六公里，要上东京去的话，不论走这两条路中的哪一条，还得换乘一个小时的铁道院[①]办的电车，光算直线距离就有二三十公里，得花半天的时间……于是，她不得不怨恨胸无大志却主张迁居到这个山村里来的丈夫，也怨恨自己不该未加考虑就表示赞同，当然，她尤其怨恨前者。她在睡眼蒙眬中，觉得东京的景物在眼前转——东京时而远去，时而奔来；时而奔来，时而远去……那东京的街市，弧光灯、橱窗、临近演出季节的剧场的走廊和后台……

天空中每天都有晚霞，不过已不像两三个星期之前那么通红通红的了。天底深处隐匿着一种活泼的黄颜色，只有表面一层是红色的。这种晚霞不是预示明日有酷暑的凶神，而是在预告明日天气晴朗。

在西北角上的天空中，富士山雪白的山巅出现在最靠近眼前的一座山丘的峰谷里，正在晚霞中闪烁不已。这座无人不知而已经近于庸俗的名山，正是靠着这露出来的一小部

① 铁道院是1908年设置的官厅，1919年改为铁道省，是国铁的前身。

分，才得以保住本来的美。

前一阵，天空的深处被重叠交错的暮云所掩隐，云影后面有一列灰黑色的东西直通向西面天边的地平线，实在吃不准那是云的一部分还是山丘？今天一眼望去，才看清楚那确实是远处什么地方的连绵的山丘。

每天一望见这晚霞，他的心中顿时闪过一种激烈的懊恼，这是一种常见的悔恨："今天又白白地过了一天。"看来，这大概是色彩诱致的情绪在刺激着他那病态的心理吧。他俯视脚下，只见在自己站立的土桥下面，渠水映照出带晚霞的天空。划出一条条呈红色的粗水纹，闪烁着亮光流了过去。

风贴着田地徐徐朝前蠕动，在田地上留下了自己的身影——描出了像汀线似的曲线。这是很凉爽的晚风。稻田还不曾呈黄色，稻花已抽穗了。蚱蜢开始从这些微微低垂的穗间一点点长大，田埂上散落着不少名叫蛇莓的红色圆形的草籽，蚱蜢不时从他的脚边腾越而过。陪同他散步的两只狗反应很灵敏，早已用前爪揿住了蚱蜢，把半死不活的蚱蜢吞下肚去。从发现蚱蜢方面来说，其中的一只狗比另一只狗反应更为敏捷，但是到了用前爪去捉住蚱蜢时，另一只狗反而表现得更敏捷一些。而逢到蚱蜢逃窜时，一只狗当即就失去了信心，另一只狗却穷追不放，不惜踩进泥水里追至稻田中央。细心观察一下，可以发现狗和狗的性格也不尽相同，这使他感到很有意思，而且使他更喜欢它们了。

随着稻穗逐渐变得沉甸起来，蚱蜢增多的速度也很惊人。狗走在他的前面带路，每天都要引他往稻田方向去。他一看到眼前的蚱蜢，就想捉它们喂狗，于是张手伸指，想去逮住蚱蜢。两只狗见主人作出这种姿态来，似乎很理解主人的用意，便中止追捕蚱蜢，眼睛顺着主人去捕捉蚱蜢的手转，一心等候主人赐给捕获物。

但是他每五次中大概只能捉住一次，有时还只捏得个折断了的腿。在捕捉蚱蜢方面，他比那只不甚灵巧的狗还要笨拙。然而两只狗似乎很信赖主人，它们坚信主人即使在逮蚱蜢方面也比自己高明。所以，当他张开空手掌，表示蚱蜢早已逃掉时，两只狗都很惊讶，它们望望主人的手掌又望望主人的脸，都侧着脑袋，嘴角微微弯起，发亮的眼睛带着可怜的神情，一齐仰望着主人的脸。这是一种对主人的失败感到惊讶、失望，却又要去向主人献媚的神态。这些狗具有多么丰富的表情啊！

它们的期待虽然屡次落了空，但是它们决没有动摇过自己的信念——主人无疑要比我们伟大，即使在捕捉蚱蜢方面也不例外。每次一看到主人那捕捉蚱蜢的架势和手的样子，它们便丢下自己眼看就可到手的猎物，去注视主人的架势，一心等待着主人的恩赐。他张开空无一物的手掌，爱抚地摩挲着感到失望的狗的脑袋。这么一来，狗就会深感满足地摇起尾巴来。

他看到狗的这种愚蠢的信赖，又看到自己不能满足它们的信赖，实在感慨系之。他觉得比起辜负一些同为人类的别人的信赖来，自己对这两个虔诚的信徒的抱憾心情，真是要难受许多倍呢。他受不了它们用那种特有的清澈的眼光仰视着自己，于是惴惴不安地努力控制自己不要见了眼前的蚱蜢就作出反射性的捕捉行为。

前一阵，他动手修整过的那株晒不到阳光的蔷薇，自从他把遮盖在蔷薇上空的其他树木的枝叶剪去而使蔷薇沐浴在阳光下之后，一个星期以来，这株不再是笼罩在日荫下的蔷薇，枝上到处绽出浅红色的芽儿。又过了两三天，太阳的神力已经使这些芽儿变为娇嫩的叶子。不过，他虽然每天都到井边洗脸，却早已在不知不觉中把这些蔷薇树的事忘得个精光了。

不料有一天早晨——这离他替蔷薇修整过环境尚不足二十天吧，他偶然发现蔷薇树上那枝嫩绿色的茎条上开着蔷薇花，花儿开在高处，呈鲜红色，但是只有这么一朵。在花木接近凋零的季节里，这朵不合时令地开放出来的蔷薇花好像在无限欣喜地舒着长气，并环视着周围喟然长叹道："经过了一年多的像是度过了无数个暗无天日的牢狱生活之后，现在总算看到五月又来临了！"

啊，蔷薇花！这是他自己的花！他不禁激动地回忆起那天为蔷薇树修整环境时的心情："蔷薇处处开！"他把手伸向高处，抓住了开有花儿的枝条。枝条上长有软刺——粉红的颜色鲜嫩得如同石竹，像婴儿的小手一样。这刺儿轻轻地刺着他那勾住枝条的手。他感到了一种瘙痒，仿佛惯养的猫儿在亲切地咬他的手指。他把枝条勾近身旁，啊！枝条上开着的这唯一的一朵花，只有银莲花那么大！那重叠在一起的花瓣儿，比重瓣山樱的花瓣还要小得多。与其说这是开在院子里的花儿，倒不如说像是开在路边的花儿。而且这朵娇小可怜、又有点畸形的蔷薇花比少年人的嘴唇更红，它依然具备着蔷薇花所特有的令人爱怜的风韵和气质。把鼻子一靠近，就闻到了花香，这时候他真是感慨万千，一种说不出是喜还是悲的难以名状的感情袭上他的心头，令人恼恨。这种情绪就如同那两只愚蠢得对主人坚信不疑的狗张大着清澈的眼睛凝望着他时一样，并且有过之无不及。打个譬喻，这就好比邂逅了多年不见的小姑娘——从前出于一时的好奇而对她大献殷勤，后来早把她忘光了——的时候，听到小姑娘对他说“我从那时起，无时不在想念你”后，心情当然很不平静。一种不可思议的感激使他浑身发颤了，他不禁眨了眨眼睛，只见眼前的小红花——那朵蔷薇花突然变得模糊不清了，原来是眼泪已在不知不觉中顺着鼻梁淌下来了。

眼泪淌出来后，感激之情随即就消失了。但他的手仍旧搭在蔷薇枝条上，站在那儿发愣。脸颊却因干了的泪痕而发僵。他竭力用自己的眼睛注视着自己的内心。觉得自己的心中有好几个自己在对话，宛如在听别人对话似的——

“傻瓜，我竟然会像诗人那样感慨地哭泣！是为了花儿而哭呢还是为了自己的空想而哭呢？”

“哼，难道是少爷不甘心在这种穷乡僻村生活而渴望有人性的生活了吗？”

“我大概是得了严重的忧郁症了吧？”

一天夜里，院子里的树木发出了沙沙的响声。原来是下雨了。只见雨水静静地洒到田野上、山丘上和树木上，仿佛给它们笼罩上了白蒙蒙的烟雾。初秋时节的雨水，安详、稳静，待在茅屋中是听不见雨脚声和雨点声的，只觉得屋里的空气变得湿润了，煤油灯的灯光变得浓厚了。

他沉浸在这一环境中，正襟危坐。他感到了一种仿佛羁旅在外似的轻愁。而这秋雨本身也像个远游的旅人似的，正寂寞地由村子上空飘游而去。他拉开夜里防雨的套窗，出神地凝视着这蒙蒙细雨在渐渐远去的背影。

这种秋雨从这村子上空飘游过两三次之后，晚际的凉风就颇具寒意了。猫畏寒地贴近主人。他的身边只有一些单衣，所以冷得有些发抖了。

从这天傍晚下起来的这场雨，下了一夜，又接着下了两三天，没有停的时候。他开始时还带着某种心情，对这场雨颇有好感，后来也厌恶起这阴晦的天气了。然而，雨依然下个不停。

狗的身上生了虱子。两只狗相亲相爱地在对方的背部和尾巴上捕捉虱子。他亲切地瞅着它们的举止。不料这些狗身上的虱子竟在不知不觉中跳到他的身上来了。于是，他每天晚上受到虱子的骚扰，像是有数不清的细线在他的全身爬动。

加上运动不足的缘故，他那已有好久没发的慢性胃病，这时首先驾临了。不久，他的心胸也受到了影响而沉郁起来。每天不变的食物使他食欲不振。他不能不感到这种每天如此的食物简直要使他的血液变得腐败了。他的狗也对它的食物感到腻了。它们把鼻子触及餐盆，就不愿再朝盆里望一下了。不过在食物这件事上，他是不能责怪妻子的，因为这村子里只有这么些东西可吃。

他身上的单衣又湿又皱地贴在他的身体上，脚底也因汗水而发黏。坐着的时候，腿上的汗水和一股异样的热气流向他的臀部，这是虱子最喜欢的环境。他觉得头发里好像也有虱子了，便用梳子去梳理，不料阴森森地竖在头上的乱发紧缠住梳齿，弄断了梳齿。他想去洗澡，把成了虱子窝的身子好好洗一洗，但是家里没有洗澡桶。而附近的农家众口一词地说，在天好的日子里虽然天天烧洗澡水，但是在这种阴雨连绵而不下地干活的日子里，就不需要为了洗澡去特意打水、烧水了。而且在这些农家中，尚有一些从早晨起就什么事也不干、什么东西也不吃、埋头睡觉的人。

猫每天都要到屋外去逛，弄得浑身湿漉漉的，脚上沾满了泥水，便回到家中来到处乱跑。这还不算。有一天，这只猫衔了一只青蛙回家来，从此，它天天要把那些冻得动作不灵活的青蛙衔几只回来。妻子见状，惊叫着乱逃。这只猫根本不管你怎么大声叫骂，它依然我行我素。妻子也就惊叫声不断了。青蛙总是死在起居室里，白色的肚皮朝上。这猫大概是把屋子看作荒野了，而室内也真同荒野没什么两样。

一天，他的两只狗抓住邻居家养的鸡，就吃了起来。恰巧被这家人家的仆人看见，于是两只狗被痛打一顿，逃了回来。他的妻子还为此去邻居家道歉，不料那个不懂得讲几句客套话的土财主的老婆，表现得非常不客气。这个女人大概为了别的什么事而非常激动，于是迁怒于狗，歇斯底里发作地高声大骂：

“以后请你们把狗拴好！非得让狗活动的时候，最好请你们自己牵着狗，反正你们都是闲人。这狗会跑到院子里来到处拉屎，还把田地里的庄稼踩得乱七八糟，夜里又叫又吵，把孩子都闹醒了。现在呢，竟把我家那只一星期前刚开始下蛋的新鸡捉去吃了，简直叫人无法忍受，像恶狼一样！如果今后再跑到我家院子里来，我们绝不留情，起码打它个半死，因为家中还养着很多鸡呢！”

这骂声传进了坐在家中的他的耳朵里。这个年岁不小的财主老婆之所以要乱骂一气，无非是因为狗的主人也像其他的村民一样对她不够尊敬，因此感到异常的不满。尤其奇妙的是：她看到他夫妇俩根本不下地干活，便出于纯粹的臆测，认为这新搬来的邻居大概过着十分奢侈的生活。

从此以后，这两只年轻强壮的狗只好每天被链子拴起来。在开始的几天里，他亲自牵着狗外出活动。一个人牵两只狗，相当费劲，还要打着雨伞，道路又泥泞不堪。他想起那妇人说的话："反正你们都是闲人，请你们自己牵着狗……"不禁走着走着，脸上绽出了可悲的苦笑。

五六百米远的活动，对两只年轻强壮的大狗来说，当然是不会感到满足的。而且，它们不喜欢走普通的道路，只见两只狗朝气蓬勃地使劲拖着链子向田间小路靠过去，把他拽得摇摇晃晃地踩进露水湿及小腿的小路中。特别是那只有"斗犬"风度的狗，气力大得出奇。他心里在想：邻居家的那个女人大概正在屋里瞅着这一番情景呢。事实上也确有这种情况——两只狗因为活动不足而发起脾气来，它们被链子拴着了身体。傍晚时分，它们只吃了一口晚饭，就对饭盒瞧也不瞧一下，用畏葸、凄寂的长音大叫，好像在诉说着什么。这吠声通过因雨水而显得白蒙蒙的空间，传向房子对面的山丘。山丘又将这吠声变成了沉重的回响，送了回来。狗不知这是它们自己发出来的吠声，便报以更为激烈的吠声。于是新的吠声再次向山丘那边飞去。狗吠声就这样没有个停的时候。

他喊着狗的名字，想使狗安静下来。但是这两只已经受到惊吓的狗现在看到主人都害怕了，畏畏缩缩地逡巡不前。

他无法可想，只好听凭狗吠，然而这种扰人、揪心的叫声直刺他的心底，使他为之震动，仿佛心脏处于极度不安的状态下，压得他的胸口透不过气来。

每天黄昏时分，这两只狗就要凄楚地长吠一阵。有一次，为了这狗吠声，那土财主家中发出了大声的责骂："这瘟狗真是可恶到极点啦！"像是从孩子的口中骂出来的。他觉得这是那个财主老婆在教她的女儿这么骂。于是他对这个叫人莫名其妙的女人大动肝火。且说那只猫，它照旧衔了青蛙回来，它那沾满了泥水的脚在昏暗的起居室里优哉游哉地走来走去。他有时会狠狠地踢那只猫。由于连日的淫雨，湿得燃不起来的柴禾拼命冒烟，烟仗着风势，天天存心往起居室窜，在室内横冲直撞，一层又一层地把整个天花板都浸润了。

白天，狗不吠的时候，毗邻的那个土财主家一片鸡叫声，好多只生了蛋的鸡会"咯、咯、咯、咯咯咯咯"不停地叫上一个多小时，简直使人无法忍受。一天，其中的一只鸡先闯进了他家的院子，看到两只狗被拴住了，于是众鸡就得意洋洋地鱼贯而入，悠然地啄起狗吃剩下的饭粒来。狗见状大为光火，要逮鸡，鸡闪身躲过。狗气得狂叫，但是众鸡并不怎么惊怕。狗亟想把这一群闯入者驱走，无奈被链子紧紧地拴住了，越是焦躁，颈部就拴得越紧。最后，两条链子缠在一起，把两只狗弄得无法动弹了。于是狗像是求救似的叫起来。他由屋里步入雨中，想把那两条不知怎么缠法的链子解开。两只狗高兴得把满是泥水的脚搭到他的胸前。由于狗一刻不肯安静，链子缠得越发不可解了。他焦急万分，但怎么也解不开链子。后来，狗发出了悲鸣。一度被赶跑的鸡群，这时已定下心来，还跳进走廊，随地拉屎，一摊摊的鸡屎像污水一样。他张开手臂去赶鸡，众鸡就大声乱叫。他甚至觉得，这鸡群是听从了恶作剧的女主人的吩咐，特意来揶揄自己的。鸡群的女主人在篱笆的那一边望着这番情景，却装做没有看到的样子。

他的妻子看到这种情况后，想指鸡骂人地刺她几句，但是被他制止了。与其说这是因为他觉得这么做不好，倒不如说是因为他胆怯而不敢这么做。其实他心里要比他的妻子更感到愤慨。

另外一家邻居家有两个肮脏的小女孩，她们还背着一个婴儿。因为下雨没处可去，就窜到他家中来玩，她们的脚和衣服比猫的爪子和身子还要脏。背上的婴儿在哭。这三个小孩看见什么就要什么。其中最大的那个女孩子有十三岁，名叫桑，她已经能发挥女性的特点，唠叨着告诉他的妻子：邻家的土财主家如何坏，还谈了各种日常琐事。他的妻子说：这几个孩子就是他俩平时去借地方洗澡的那家人家的孩子，不大好赶走她们。其实呢，他的妻子是颇想同这样的孩子交谈的。不过，有的时候就连他的妻子也嫌烦了。

“你们该回家去了。”他的妻子说。

“我们不想回家去。家里的人都睡了，板窗也关上了，一片漆黑。本是吩咐我们到下面的人家去玩的。”女孩子一起说道。

所谓“下面的人家”，就是指他的家。他心想：现在不光是狗和猫，可以肯定，这几个孩子也把许多虱子带进家来了。他虽然心里很着急，但又生性不敢说一句得罪别人的话，连对小孩子也不例外。可是，他的妻子竟对这种情况毫不介意，简直像是感觉不到似的要孩子们在下雨天去替她买豆腐，一会儿又说什么“糖也没有了”。他看到妻子如此一次次差孩子去做事，反而不放心起来，就去责怪妻子。

他俩上这几个孩子家洗澡的时候，那个七十岁左右的瞎眼老太婆，耳朵也背了，就一面烧着洗澡水一面问着有关东京的各种事情——其实不是东京的事情而是江户①时代的故事。这个老太婆断断续续地告诉他俩：在“云烟似的从前”（老太婆竟用起屠格涅夫②那样的词汇来），当她自己还是个姑娘的时候，曾在江户的某公馆里做用人，东家的老爷原准备去甲府上任做官，由于明治维新的骚乱，成了泡影；那老太婆还说起：那年的收成实在太坏。山大王③的祭祀活动也没能办好。

接着，老太婆就从前她尚能看得见的江户，向他提了不少问题。她说她自己是因为明治维新而回到乡下的，然而她又根本不知道这明治维新是怎么回事。她嘟哝着说：

---

① 江户是东京的旧称，明治维新（1868年）时才改名东京。

② 屠格涅夫（1818—1883），俄国作家，所作小说出色地反映了帝政下的农奴制以及新旧思想冲突的问题。有作品《猎人笔记》《父与子》等。

③ 山大王是东京千代田区山大王台的日枝神社的别称，每年阴历六月十五日举办祭祀活动，同神田祭祀活动并称为江户的两大祭祀日。

“当时真以为不知要换成个什么样子的世界了，谁知道竟与从前没什么两样。既然是这么回事，何必兴师动众，搞那种大骚乱呢……”

老太婆对于通有电车、辟有公园的东京，简直没有一点儿概念。她啰啰嗦嗦地向他提出一些他根本无法回答的问题。当她明白他对“江户”的事情根本不了解后，就谈起了在她做姑娘的时候，东家是非常兴旺的；而现在的主人——当年的少东家，却很没出息，不会治家，又吝啬得厉害，同周围的人的关系搞得很僵。接着，她想起孩子们时常到他家中去顽皮，便说了些打扰之类的话。然后问他“一向是做什么买卖的”；她絮絮叨叨地问及一些俗不可耐的事情，并要他作出相应的、啰啰嗦嗦的回答。

他生性不擅于讲话，一般的应酬就使他无从回答了，何况这个老太婆的耳朵又背得厉害，简直听不见别人的答话。他真想对她这么嚷道：“我对你说的这些事毫无兴趣！我不想多管别人的事！”

老太婆这些唠叨不清的话，直到最后都叫他莫名其妙，而他的情绪却被搅得非常不愉快。况且，老太婆是用那种恳求他交谈的表情（可以说，半死不活的狗的表情都要比她的表情丰富得多）以及那双五十六岁时就完全失明的眼睛仰望着他，凝视着他。烧洗澡水的炉灶里的火不断往上轻轻地吐着火舌，忽然映照在这个腰背已经完全驼了的老太婆身上。一手拿着长长的柴禾的老太婆的身影很清晰地浮现出来，黑黑的背景是农家那宽大的堆物场，她活像是一个口中念念有词的妖婆。

从洗澡场脱身出来，晚风十分凉爽，吹拂着他新浴后的肌肤。回到家中一看，他的妻子正在灯罩已经熏黑的煤油灯下看着好像是家乡的母亲寄来的信。她似乎是不愿给他看吧，匆匆把信卷起来，然后极不高兴地正视着他，像是要对他叹息一番似的，还用泪光闪闪的双眼望着他。这眼神既带有威胁的成分，又带有哀求的味道。他即使不看这信也知道是怎么回事了：无非是发生了对他无足轻重而对她们女人却事关重大的事情，她们大概是在互相诉说自己的悲苦吧……原来他家中另有一个女人常要来哭诉，此人名阿绢，四十岁不到——就是在他们搬家时替他们引路的那个女人。由于这层关系，阿绢后来经常到他们家中来。他的妻子听阿绢谈起自身的经历，就会流泪。阿绢是经过了许多颠沛流离才到这个村里来的。他开始时曾专心地听阿绢谈过一次她自身的经历，觉得颇少见。后来，阿绢就因此而三番五次地重复那一席话，弄得他看见阿绢的脸，就很讨厌。尤其不可思议的是：他只要一见阿绢的脸，胃部就会隐隐地痛起来……

地板下传来了咔唧咔唧的声响，那是他的狗遭到虱子的攻击后，为了驱赶虱子而摇动身子时，链子发出的声音。他觉得：比起听阿绢的身世来，还是这狗被虱子折磨更令他同情。他感到自己的背上、胁下、颈内和头发中有无数的虱子在骚动……

“但愿能早点儿雨过天晴。”他每天傍晚这么望着天空。他也不知为什么，反正一到傍晚就仰望天空。他扫视着天空，看看星星是否出来了。但是，别说是星星了，只见四周白茫茫的一片，天空无比的阴沉。

琐碎而单调的事情每天翻来覆去地组合、排列着。这些事情一旦同他的身心状况结合在一起，就全化为郁悒而厌世的东西了。雨一直下个不停，到今天为止下了多少天了呢？五天？十天？两个星期还是一个星期？他不清楚。他只觉得这些日子来，不论哪一天，天天都是一样的、单调的、冗长的。监狱里的人大概就是度着这种日子的吧？啊！看来是的。

井台边的那几株蔷薇生活在背荫处，到了五月份，甚至到了八月份，仍不长一片青叶子，只有茎条像蔓草似的东倒西歪着乱伸一气。他再次想到了蔷薇的事。现在不光是想想，而是把那些生活在背荫处的蔷薇的郁悒当作自己生活的本身内容来考虑了——他就这样地每天坐在桌子前。

顺便说说，本来以为先前那棵蔷薇开过一朵令人感触不已的花——也就是那朵叫他看了流泪的畸形的花之后，会逐日开出好花而竞相争妍的，然而，这些蔷薇花被近些日子来连绵不断的雨水所打，花瓣竟像纸头一样，全变得皱巴巴的，湿漉漉地破碎了——开出了破碎的蔷薇花。

在这种日子里，只有深夜会给他慰藉与平静。他躺在床上想象着由于深夜时分鸡不出来而被解开了链子的狗，这时大概在田边高兴得又蹦又跳了。这使他感到心情很舒畅。

但是有一天晚上，他听到屋外有人在叫门。当时他还坐在桌前沉思着呢，于是起身打开走廊上的门，只见一个黑影站在围篱和水渠那一边的道上。这个人很傲慢地向他打招呼。他心想：这个人大概是警察吧。

“这是你家的狗吧？”

“是的。怎么啦？”

“这狗很吓人，妨碍通行啦。”

他知道：世界上恐怕没有什么村子会比这个村子更怕狗的了。有一个村民曾经作过解释，说是因为附近一带的疯狗非常多。而他的狗呢，又是一只纯种的日本狗。

“请你放心，这狗的样子虽然颇吓人，实际上很老实。”

“什么放心不放心的！狗在吓人，妨碍通行啦！”

“这不是疯狗呀。你看，不是叫也不叫吗？”

“狗的主人也许可以这么认为，但是对不喂狗的人来说，当然觉得可怕啰。请你出来把狗拴起来好不好？”

这个家伙认为自己是在夜幕的笼罩下，所以说话的口气非常傲慢。这就使他怒不可遏了。他突然抓起边上的拐杖，伞也不撑地朝道上奔去。外面下着蒙蒙细雨。那个素昧平生的人还在唠叨个没完，这时在大声嚷道：

“不管怎么说，你得把狗拴住，否则我没法走过去！”

此人怕狗已怕得近于可笑了，而一个人这么逞威风也做得近于可笑了。

“这是很温和的狗，它还没有成年，时常会亲昵地走到过路人身边去呢。”他替狗辩护道。

他觉得：现在嘛，这狗就是无辜的人民，而此人乃是凶恶的暴君，他自己呢，是一个揭竿而起的义士。他认为此人的言行全是不近情理的，于是大声责骂这个人。他的妻子闻声后，不知道发生了什么事，便走到走廊上，一见眼前的状况，她赶忙向站在夜幕中的过路人不停地道歉。这更使他怒从中来。

“闭上你的嘴！你真卑屈，干吗要道歉？狗没有什么不对！是这个人自己胆小嘛。又不是小孩子或小偷……”

“什么？小偷？”

“我并没有说你就是小偷嘛。我只是说，看见老老实实摇着尾巴的狗，就如此害怕，不是很像小偷吗？”

最后，他打算揍这个人了。当时他俩是隔着一二十米的距离发生口角的。这时候，他看到在对方的身后，有一盏灯笼正在渐渐地靠近。只听到提灯笼的人向对方说了几句什么话，便向他这里走来。他立即闪过一个念头：“这两个家伙是结伙做贼的。要是到我身旁来做什么手脚……”他把拐杖握握好，摆好架势。

“请您多加包涵，老头儿是喝醉了。”

提灯笼的人反而向他致歉。他听说对方是个醉人，顿时觉得自己太蠢了。不过他并没有笑。当时，他以一种难以言传的心情，挥起自己那根摆好架势的拐杖，用力朝眼前摇着尾巴、一无所知的狗打了下去。狗突然被打，“嗷、嗷”地叫着逃进家中去了。另一只没有挨打的狗也跟在后面窜进屋去。他呆呆地站在那儿，接着咂咂舌头，把拐杖扔进水渠里，匆匆走回家中。两只狗躲在地板下，看到主人走进院子，便发出了低低的悲吟，在叹诉它们的冤屈。他那扔掉了拐杖却依然紧握着的手掌心里，黏乎乎的全是汗。

“你看着吧，我将召集村人把你的狗打死！”

对方醉醺醺地这么嚷着，被提灯笼的年轻人扶着走过去了。

从当天晚上开始，这醉鬼临走时所留下的话使他心神不安了。他一想及“村民真的会打死自己的狗吗”，就回忆起那个谈到身世就要哭的胖女人说的话——“这村子里的人，一到冬天就要杀狗吃，你要留神哪，大家都说你家中的狗又肥又嫩、正是最好吃的时候呢！虽说这是开开玩笑，但是确实这么说过的呀。”

那柄拐杖被扔掉后，他越想越感到后悔。这是一根银柄雕花拐杖，虽说尚不足以如此可惜，但他总觉得异乎寻常的可惜。第二天，为了寻找这柄拐杖，他装做带狗外出活动，顺着水渠走了一公里多的路。清晰的渠水被连日的雨水打混浊了，无法找到拐杖。他没有把丢失拐杖的经过告诉妻子，因为这事真正叫他感到见不得人。

拐杖的事以及醉鬼临走时说的话使他时时不得安宁，简直连他自己都觉得可笑。有时候，他躺在床上会不胜懊悔地想：“当时，干脆把那家伙揍一顿就好了……”他很担心狗万一受到折磨……所以狗在深更半夜还不回来，他就发愁了。他心神不安地竖起耳朵静听，听到狗在悲切地呻吟，便奔到走廊上，一面推开门一面吹口哨。狗闻声后立刻从什么地方跑来了。原来是别的狗在呻吟。不过，有时他吹口哨、呼喊后，狗也不马上回来，而且不停地狂吠。这时他坐立不安了。

他的妻子起初并不怎么在意，说“那不是我们的狗”，或者说“并没有什么可疑的狗叫声呀”。然而，他唠叨个没完没了，致使妻子受到了感染，也产生了那种幻觉。他们就像是中了咒语似的，惶惶然不可终日。那煤油灯也不知是怎么回事，灯里的火焰每天晚上都噗噗噗地跳个不停，怎么修也修理不好。他凝视着跳动不已的灯芯部分，仿佛在看自己那局促不安的心，所以更加烦躁了。

有一天晚上，他听到狗叫声很不正常，便走出屋子，到院子里一看，只见莱奥用一副告急的神态望着他直叫。远处传来了悲苦的呻吟声，好像是法拉迪的声音。他跟在莱奥身后，朝着发出悲吟声的方向，一路呼唤着“法拉迪、法拉迪”，去寻找法拉迪的踪影。不一会儿，法拉迪来了，只见它脸部的半边以及全身沾满了污泥。看来，法拉迪是被人按在泥地上打了一顿。他仿佛听到什么地方传来了人的胜利的笑声……

从此以后，他每晚把狗放出一两个小时后，就再拴起来。而且把拴狗的地方换在正门内的土间里，因为拴在人人都可以走过的院子的一角，即使拴住了也放心不下。狗很明白主人呼唤它们要拴住它们，所以听见呼唤声也不回去。即使回去了，也是望着主人的神色，在院子里逃来逃去。主人怎么也抓不住它们，便用食物作诱饵，但是它们就是不走近拴链子的地方。法拉迪原是猛犬所生，具有粗壮的腿和尖利的牙齿。有一天晚间，它把链子从正当中咬断。为了能逃出四面全是墙壁的房间，它在地板下的土中扒开了一个大洞，高大的身体由洞中钻出来，于是在泥泞的地上拖曳着一头还挂在颈部的半根链子，高高兴兴地逛了一夜。莱奥见状激烈地狂叫，那是在报告主人，也是在想使自身也得到自由。

白天，他有时会斟酌起夜晚不放心狗的事来。这时他不能不觉得那种办法实在是一种强制性的东西。他想：即使是狗，总也知道自己保护自己的吧……于是，他觉得自己怎么净在那种不足道的狗的事情上操心不已呢？他感到可耻，也感到可悲。然而一到晚上，他还是丢不开这样的想法：“我们的狗会被人捕捉去、会被人杀死的！一定会的！”现在对他来说，狗已不光是普普通通的狗，而是某种象征。所谓“爱”，其实就是“受苦”呀。拐杖的事情也老是在脑子里萦回，忘不了。不为狗操心的时候，他就老是在床上想象那柄拐杖——这根银柄的拐杖在混浊的渠水中随波浮沉，由于一头是银质的，所以它在水中是斜向下沉的；拐杖就这样向着无边的远方流去……

雨下小了，某天，下了一整天的小雨。不料第二天却下起大雨来，而且比以前更大。第三天倒是转小了，但是第四天又变得大而密了……这雨时大时小，就是不停……天天下，天天下……简直要使他的身心腐朽了……简直要使这世界本身腐朽了……

一切都腐朽吧……

　　要腐朽的话就腐朽吧……

随意地去腐朽吧……

　　去腐朽吧，去腐朽吧……

你的头脑呀……

首先腐朽吧

………………

………………

………………

………………

这无声的合唱由屋外，由四面八方传来，充塞在他的屋子里，并且带着点儿寒意和黯然，在屋里飘荡。仔细一看，雨脚正是在用这种旋律降下来。从北面的窗子看出去也好，从南面的窗子看出去也好，雨脚无不是在反反复复表现这种忧郁的旋律，不停地降下来……别指望它会在哪一天停止而不降下来……

这里有一座小丘。

从他家中的走廊上望过去，可以看到院子里的松树枝和樱树枝由两边向中间交错，搭成一个洞穴形状的空间，树枝和树叶在上方形成一弯曲线，像个拱门；拱门的下方承以围篱的尖顶划出的轨迹——呈直线形。也就是说，这些枝叶和围篱组成了一个绿色的框子——一个画框。而从这画框的底边空间望出去，可以朦胧地看到那座山丘矗立在远处。

也不知他是从什么时候开始发现那座山丘的，反正这座山丘引起了他的注目。他也非常喜欢这座小丘。在最近这一段阴雨连绵的日子里，他的瞳仁——人的心灵之窗——天天显得很郁悒。每当他把视角避离人生的忧郁而向外侧望去时，这座山丘就进入了他的眼帘。

他觉得，从树的枝叶组成的拱洞形的画框里望出去，那座山丘尤其有趣，真是别有洞天——山丘远得恰到好处，与现实相比，它是梦幻的；与梦幻相比，它又是现实的。由于雨色的浓淡所致，山丘有时好像靠得近一些了，有时又退离得远远的，还有一些时候显得朦胧不清，仿佛隔着磨砂玻璃望出去似的。

这座山丘宛如女人的侧腹，数不清的曲线带着悠然自得的风情，典雅地在各种走向上蜿蜒。这些曲线不断伸展，形成弧形而构成了一个立体。于是，它完整地嵌入那只绿色的“画框”中，仿佛一篇尽情展开、首尾却紧相呼应的故事一样，它的景色美丽悦目，舒展自然，而且布局严谨，毫不松散。它悠然自如，洋溢着古希腊雕刻品所具有的娴静而生动的美，颇似含着华贵雍容微笑的女人的嘴角。

山丘的顶上有一片杂木树林，这些树木都伸展着树叶，像张开手指头向空中招展似的。从他所站的地方望过去，这些树木有一寸或五寸高——有时是一寸高，而有的时候好像有五寸高。树林像短头发似的排列着，裸体的山丘仿佛前额，只是在顶上的部分，沿着发际长着这一片树林。在树林与天空的交接处，有着极为纤细的起伏，蕴涵着其味无穷的韵律。

在这幅布局中的一处好像令人感到略嫌不足的地方，填上了山林的主人家的茅屋屋顶，它正好弥补了布局的单调。

在丰满地隆起着有如绿色天鹅绒似的山腹部位，几百条纵行的襞纹隔开着一定的距离，沿着山丘的斜面，有规则地、自上向下呈弧形地平行下滑，描出了轮廓分明的大名缟①，就像是一条条绿色玛瑙的断面。看来，那一带可能是杉树、扁柏等树木的苗床吧？这种事当然可以不必去理会。

---

① 名缟是一种简单的细纵条纹的织物图案，条纹间是等距离的。根据条纹的粗细，有四大名、六大名、片羽大名等不同的种类。

但是，大自然的精雕细琢，却不期而然地使山丘无处不呈现出绘画特点和装饰风格，并且发挥出了极显著的效果，犹如茅屋屋顶恰到好处地出现在树木中一样。

在这种情况下，已经不可能区分清楚哪一个区域是自然形成的，哪一个区域是人工辟就的。人类在自然的基础上的加工性质的劳动，已经完全融到自然中去了，没有一点儿斧凿的迹象。啊，这是多么美呀！看到这一情景，真叫人流连忘返。他想迁往、安居的艺术世界正是这样的地方……

“你那么入神，是在看什么呀？”

他的妻子问他。

“哦，看那座山丘，就是那一座山呀。”

“那山丘怎么啦？”

“也没有什么……它不是很美吗？怎么说呢……”

“哦，不错，它颇像身上的衣裳呀。”

他的妻子觉得这山丘穿着一身自己爱好的典雅衣装。

这是一幅绿色的单色画，而它同所有的优秀的单色画完全一样，在单色中蕴有着几乎是无限的色彩。所以越看越觉得韵味无穷，乍见之下，是一团绿颜色，而且各部位的绿色千变万化，都不相同，就这么织出了一种不易褪去的色调。仿佛一块绿色的玉，以自身的绿色为基调，但又根据打磨过的每一个棱面，产生出各自不同的色泽和效果。

他时常喜欢把眼神停在这山丘上而使眼睛得到休憩。

“晶莹的心！剔透的心！”

山丘对着他的眼睛，这么说道。

一天，雨隔夜起就突然不下了，这天一早还有点儿发阴。不一会儿，也就是在上午前的那段时间里，太阳光竟透过云层，从天空的深处露出了浅浅的太阳——宛如一只鸡蛋黄。

他的妻子借口准备秋衣，对他说“要到东京去一次”。她吃完早饭就匆匆启程前往天天晚上思念着的东京，与其说她是担心天气有变，还不如说她是想趁丈夫的情绪没变而赶快行动。她的心早已飞到了东京，至少要比她的身体先到达三个小时。

他独自站在走廊上发愣，熟视无睹似的望着平时使眼睛得到休憩的那座山丘。他总觉得此时此山的意趣竟同平时颇不一样，可以肯定不光是光线的关系，不过实在说不出是什么原因。他左看右看，总算有所领悟了，便从写字台的抽屉里把眼镜找出来。他患有高度的近视，但是近来时常忘记戴眼镜，因为最近这一时期他无所事事，几乎用不着眼镜了。他根本没有留意：不戴眼镜会使他神经衰弱得更厉害。

当他戴上眼镜一看，只见天地完全换了一副样子。他看到今天的天地间有着某种令人心旷神怡的东西。天空晴朗，山丘清晰极了，这山丘确实与平时不一样——杂木树林上有成群的乌鸦。淡淡的阳光自空中洒下来，山丘的侧腹发出金碧色的光泽，又润又滑，棱棱角角都像是刚被磨圆了似的。苗床里的几百株竖条条——对了，与平时不同的地方就在这里——仔细观察一下竖条条之间的地面，可以看到那以左面的一角为扇轴而向上展开的呈扇形或三角形的地面，一改平时的翠绿色，不知为什么成了黑紫色了。

“啊呀！什么时候变成这副模样的？为什么会变成这样的呢？”他觉得实在不可思议。他对着山丘凝视了好一会儿，好像世上突然发生了罕见的大事。他甚至感到这座山丘像是什么童话里的仙境了，玲珑、美丽，今天又带上了某种神秘的色彩，难道不是这么回事吗？

他凝望了好一会儿，不禁觉得山丘表面的紫色同绿色的分界处正在向上鼓，紫色的领域在很自然地扩展，蚕食绿色的领域。他仔细定睛望过去——眉间都有点儿发痛了——只见一个很小的小人儿弯着腰在蠕动，那是在匆匆地收取绿色的东西。估计是农夫曾在树苗和树苗间种下过什么东西。不过一眼望去，与其说是像在收取农作物，还不如说他只感到紫色的土地正在向上鼓。

他好像通过一具奇妙的望远镜看到了仙境中的仙人在干活似的，这小山丘使他产生出某种超然的心情。他怀着这种情绪，如同儿童在一心观看着万花筒似的，出神地凝视着山丘。后来，他索性把烟灰缸和坐垫拿到走廊上，津津有味地注视着在自然鼓起的紫色泥土。紫色的泥土像是直往上涌似的朝前推进。紫色的领域从边上一点儿一点儿地侵食绿色的领域。这时淡淡的阳光渐渐明亮起来。突然，夕阳的光辉成束地从渐次亮堂起来的西边天际的云隙中穿出来，照到山丘上。山丘顿时在闪烁不停的光线中变得明亮了，仿佛是带有色彩的脚光在射向山丘。山丘上的仙人和杂木树林都在地面上拖着又长又浓的影子。于是仙境的景象更加清晰地浮现出来了。刚刚鼓起来的紫色的泥土仿佛在用风琴上的最低音一齐叫喊着什么。山丘顶部的树林中的茅屋屋顶变得光滑了，浓白色的烟从屋顶升起，仿佛香炉里的缕缕烟气。他觉得自己飘飘然地成了仙境中的国王了。

这天地间的光辉，这大自然本身的神游，就在夕阳被云所遮的同时，像瞬间的梦境一样消失了。夕阳从云里向更黑暗的云层和远处地平线尽头的群山那儿落下去。云隙处尚残留着一些明耀的光亮。

注神一看，山丘已完全变成了紫色……因为仙人的活儿已干完了。在他这么注视着的时候，周围不知不觉间已笼罩在夜色中了。但是他感到仙境依然是在自己的眼帘中，它清晰地屹立在夜幕里。

不一会儿，这座山丘——他以为永远会留在自己眼帘中的山丘——也渐渐消失了。

他回到了现实中，当然已不是仙境中的国王了。这时候，黑暗从远处的原野和群山那儿压过来，把屋子填塞得满满的。他的四周围变得一片漆黑。他想：首先得把煤油灯点上，便将放在烟灰缸上的火柴擦亮，接着在屋里各处擦火柴，为的是寻找煤油灯。但是不知把灯放在何处了，怎么找也找不到。

反正，近来常有这类事儿发生，虽说东西还不像煤油灯这么大，但确实常常突然找不到了，甚至先前还在手中的，而且是刚刚用过的东西——例如钢笔、烟袋、筷子这类东西。而这些一时不见了的东西，后来会突然在意料不到的却是应该想到的地方出现了，或是出现在那些当时理该仔细寻找一下的不显眼的地方。但是他当时寻找的时候，它们像有意恶作剧似的绝不露面。

当然，这种事情谁都会碰到的，不过没有人会像他在这一段时期里发生得如此频繁。近来，这种事在他身上至少每天发生两三次。他每次都把这种不足道的小事情看得十分重大。他甚至感到这是不可理喻的、神秘的、简直是命中注定的事。他还这么想过：也许是什么凡人看不见的人乘机把东西藏了起来，所以每天都有这么两三件日常物品从自己身旁突然不见了。于是，当煤油灯不见了的时候，他心想：“又来了！”所以就认命了而根本没打算去寻找，说起来也很奇妙，你越是认命不管了，东西也出来得越快。他想到了这一点，便摸索着从柜子上把蜡烛台拿下来，点上了火，红红的烛光摇曳着，显得阴沉沉的。

在夜晚时分，在这样的乡村中，而且是独自一个人待在四处的板窗都未关上的房子里。他觉得有些胆怯——好像在听任入侵者——陌生的、不同于通常的怪强盗隐去真相而自由地出入。收堆板窗的地方，顾名思义，是在房子的角落里的。生性最为胆怯的他，最近尤其胆小得厉害，简直叫一般的人——除了神经质的小孩子之外——觉得不可理解，根本谈不上什么同情了。那么，房子角落这种地方是够叫他感到不安的。

他站着拉起一扇扇的板窗，板窗移动的声响重合在一起向野外传去，发出了空荡荡的回响。他那两只像是安然入睡的狗大概是被这声响惊吓了吧，立即从地板下闪出白蒙蒙的身影，旋即开始了傍晚时分常有的向远处吠叫。

他把走廊上的十扇板窗关好，又要去关对面短廊的一扇板窗，便想穿过六铺席大的起居室，迈步走去。一脚踏进房间，发现煤油灯巍然屹立在壁龛上！他心想："刚才曾那么仔细地寻找过，这儿不也是重点检查过的吗？平时那样的小件物品姑且不去说它，但是偌大一盏煤油灯……"他完全近于恐怖了，不禁这么想象起来："这……不能随随便便地去碰煤油灯。如果去取灯，说不定就在漫不经心伸出手去的一刹那间，这灯又突然从自己的眼前消失了呢……"后来，他怪自己的想象太傻，便下定决心伸手去抓煤油灯。谢天谢地，灯是真货。

他点上煤油灯，关好板窗，走到火盆前，这时他才发觉，想沏茶却没有开水。炭火已成为白色的灰；白天，那水壶里的开水滚得嗞嗞直响，现在，水壶以至于壶中的水都凉透了。这本是理所当然的事，因为他的妻子十一点钟左右出门后，炭火就一直那么生着，他不曾加过一次炭。其实岂止是炭，那时，他除了那个山丘仙境之外，把世界都丢在脑后了——甚至忘掉了自身的存在。

他感到今天还算好，那两只狗的吠声竟停得出人意料之外的早，现在正喷喷地响着鼻子，表示它们要吃晚饭了。其实肚子空空如也的还不光是狗和猫，他觉得自己刚才之所以会在胸中发生奇怪的骚动以致引起胆怯的情绪，外加有些畏寒，这确实都是肚里饿空了的缘故。但是，要吃晚饭的话，首先得烧出饭来呀——当时他的妻子突然心血来潮，说

“要上东京去”，并唠叨着“为了赶火车，来不及替你烧好饭了”，还说什么“去火车站时，我顺便拜托一下阿绢来烧”。

可是他昨晚已经第十次听阿绢大谈了她自身的身世，所以实在嫌烦，便让妻子淘好米、放好水，决定自己烧饭。当他坐在火盆前，面对熄了的炭火时，他却这么想了：“少吃一顿晚饭也不碍事嘛。”但是现在被狗这么缠住要吃饭，他想象起它们经常挨饿的样子，觉得不能不去烧晚饭了。他想起妻子事先吩咐过的话：“现在这种季节呀，稍一大意，天就黑了，所以一定要早点儿准备好……”他就这么想着，向厨房走去。

他把锁狗的链子解开，招呼它们到厨房去。因为昏黑的厨房里有很多角角落落，他一个人实在感到凄然。狗仿佛深知主人的心情似的，走进土间，靠向蹲着的主人。法拉迪和莱奥都挨着他坐下来。猫毕竟是猫，它走到铺地板的房间同土间的交接处，在靠近他头部的地方蹲下来。

这一簇奇妙的家族成员围成一个立体的马蹄形，在土砌的灶前作着寂寞、无言的团圈。看到这样的情景，他总算觉得心里踏实了。于是他生起火来，引火柴立即吐出了火舌。

看到引火柴烧得很好，他的心也明亮起来了。但是火不一会儿就熄掉了，他投进去的两三根柴禾怎么也燃不起来，白白地费去了许多引火柴，因为连日的雨水使柴禾湿透了。他心里埋怨着："引火柴这种东西本该多多地备置才对！现在却……"为数不多的引火柴被他这么五六次烧过后，已经用得一点儿不剩了。

他考虑了一下，搬来了煤油罐，小心翼翼地往柴禾上浇煤油，只见煤油立刻在离地三四寸的地方形成一个又大又轻的火球燃烧着，蔓延着，带有神经质的腔调。这火就像一个根本不具备任何精神上有所统一的人——比如像他这样的人似的，在兴奋无比地燃烧。这火不加思量、丧失理性、一味无力地燃烧着。不一会儿，它精疲力竭而瘫为一堆焉火。

煤油刚才只是在燃烧着自身，等到自身将耗尽，只见偌大一个火球顿时分成若干支小火，这一条一条小小的火舌沿着柴禾表面爬动，青色的火苗舔遍了柴禾的各处，旋即就熄掉了。柴禾上冒出特有的黑颜色的烟气，这烟气颇似一味感激之后出现的沉重气氛，突然聚集在一起，有气无力地往上升，多得使猫惊站起来，使两只狗都背过脸去。

他再次试浇了一下煤油，结果发现：与其把煤油浇在柴禾上，倒不如把煤油洒在泥土上烧得更长一些（他曾就煤油的燃烧法，做过细致的、像研究人员那样的观察。他是以他那种近于病态的无微不至，把自己焦躁不安的感激心情具体化了）。他决定重新来过，便从灶下把那些表面上燃过煤油的和被烟熏黑了的柴禾都取出来，然后把全部的煤油都浇在灶底的灰上，再在灰的上面架起一堆柴禾。准备工作完后，他点起一簇火柴，扔了进去，一些黑烟和长长的火舌贴着锅底尽情地蔓延开来，于是渐渐地把柴禾烧着了。

“烧着了！烧着了！”

他不禁独自叫出声来。听到他发出低低的叫声，法拉迪抬起它尖细的脸，带着询问的神情仰望着他的面孔。柴禾总算渐渐地燃起来了，那越烧越旺的火焰就仿佛内心被打动的人在表示强烈的感激之情。啊！燃烧着的火焰是多么令人神往呀！他同他的狗都双目生辉地注视着这被未开化的人们视作神灵的火焰。

这时候，他觉得自己那凝视着火焰的眼睛里，不知怎么一来，竟莫名其妙地出现了妻子的背影——小得就如同那仙境中的仙人似的。他感到出现在燃烧着的火焰中的妻子简直像是处在非常拥挤的人堆里。这不是一种纯粹的想象，而是一种近似在眼前闪烁着的幻影。当“幻影就是这副样儿吗”的想象出人意料之外地冒出来的时候，他立即产生出这样的直觉——喔，她现在正看着电影呢！

接着，他的想象已有一半离开了他的意志，飞向东京最繁华的地方。随即又有一个想法涌上脑际：“难道自己现在也在那样拥挤的人堆中走着吗？”他把这完全不存在的事情视作极正常的事情加以思考。

“在这种昏暗而带有寒意的厨房的一角，我独自守在灶前，先前起就一直若有所思地凝视着眼前燃不起来的火焰，简直像苦行者受着苦行似的蹲在狗和猫的中间，注视着自己那映现在燃烧着的火焰中的情绪。难道这不是我本人？难道我本人是在别的什么地方而这儿存在着的竟是我的影子吗？”这种想法在直往上涌。当这一情绪渗进他的身心时，只觉得一股寒气像闪电似的从他的背脊中央往下直窜。

他非常担心周围的一切——自己本人、灶里的火焰、两只狗、猫、抬眼就可望见的柜子、提桶、煤油灯、洗碗池——会不会在瞬息之间全部消失。于是他提心吊胆地环视了一下四周围。只见墙壁上映着他和两只狗的影子，这三个影子向三面展开，又大又黑地占据了整块墙壁，并随着火焰的跳动而在墙面上时大时小地颤动不已，影子不停地跳动，每动一下，火焰就朝发出影子来的本体靠近一下，仿佛要把这些本体吞噬掉似的。这时，位于他左侧的莱奥突然站起来，从为了让烟气外流而虚开一点的门缝间窜出去了。接着传来了它急促的吠声。竖起耳朵注意着兄弟动向的法拉迪闻声后，同样地窜出门去，传来了它们合在一起的吠叫声，似乎在向他报告有什么东西——看不见是什么——正在靠近前来。他很惊怕，站了起来。但是两只狗马上停止了吠叫，颇扫兴地、神态认真地回到原来的地方，在他的身旁坐下了。

狗的这种举止使他狐疑不已。他定了定神，稍稍踮起点儿身子，从门板上的节孔里试着向外面张望一番，这时，他的眼睛透过昏暗的光线，竟看到一个人影从柿子树背后走出来，奇怪的是听不到一点儿脚步声！由于人影很小，这使他多少安心一些。但是这人影确实没有发出一点儿脚步声！随着人影的往前移动，进入了由门缝间透出去的煤油灯的亮光中，他这才看清楚那不是什么怪物。出现在眼前的又是阿桑——就是经常到他家中来玩的那个邻居家的十三岁的女孩子。可是阿桑她……他想：阿桑平时说起话来没完没了，经常是老远就又叫又嚷地朝他家奔来，有时呼叫着狗的名字，有时吹着口哨来到他家；而天黑之后，她绝不来玩的；那么今天晚上她怎么会这副样子到他家来呢？他望着飘飘然走近前来的阿桑，觉得毕竟有些怪，便出于证实一下的意图，招呼道：

"是阿桑吗？"

"啊唷！吓了我一大跳！是大叔吗？"

他听对方这么回答，知道果然是阿桑了。不过，他的招呼声异常沉着，大着嗓门像是在叫给自己听。阿桑的回答声却是过分夸张的叫喊。这喊声简直要使迄今为止不堪寂寞的他跳起来。他听到是阿桑的声音后，安心地打开门，眼前的阿桑直立在门外，分明浮现出一副奇妙的表情。

"阿桑，你怎么啦？是挨骂了吧？"

"……"阿桑没有立即回答。但是不一会儿，她就像平时那样喋喋不休了："大叔在烧饭吗？大婶什么时候回来呀?”

她说着说着，仿佛忽然想起来似的说道：“对了！我简直忘了。今天我家中烧洗澡水……因为天气好，大家都下地干活了。现在正烧着水呢。过一会儿请来洗澡呀……大叔也真是位妙人，没烧水的时候，偏偏想洗；烧了水时，又不想洗了，是不是?”阿桑说过这一番话之后，慌慌张张地回去了。他本想在今天晚上听阿桑好好唠叨一番，不料……

阿桑走出十来米远，嚷道：

“大叔，又下起雨来了……”

这口气说明阿桑已恢复常态了。他心想：“阿桑这家伙现在总算定心了。”因为在听阿桑谈起洗澡一事时，他忽然明白她为什么走路时不发出声音来了。他联想起妻子说过的话：“阿桑一家的名声不好，手脚都不干净。近来，堆在门外的柴禾少了很多，早晨，常常可以在井边发现两三根从绳索中松落下来的柴禾。”

他明白是这么回事后，觉得算不了什么而不愿多管。但是阿桑刚才那句“大叔，又下起雨来了”的话以及乘机从柿子树后面突然走出来时的影子，在他的心里留下了很深的印象。

相比之下，他觉得更要紧的事是：他辛辛苦苦烧出来的饭，不知是因为有什么东西沾在碗具上了呢，还是沾在他的手上了？反正有一股煤油味。他在饭里注进茶水，放在煤油灯光下察看，并没看到水面上浮有什么东西。他勉勉强强吃了一碗，实在无法下咽。这天晚上，不光是饭，连睡衣的领子、枕头、他的肩上、口中、空气里，还有睡在他身旁、小心脏的搏动直传至他手臂的猫的身上，无不带有煤油味。这些时隐时现的煤油味同他晚饭时喝下去的许多茶水所起的作用结合起来，虽然气味极微弱，却使他兴奋异常。他觉得煤油味又像是存在着，又像是没有了……

突然，他想起自己傍晚时到处寻找煤油灯时擦了许多火柴，想起为了把火点着而屡次浇洒过煤油。还有，把锅从灶上端下来的时候，他看到锅底上还闪烁着一系列小小的火苗，觉得很有趣，再加上屋里的一切无不沾上煤油味，甚至连阿桑来偷柴的现象都不是偶然的——他敏感到，这一切都是这所房子今夜要失火的预兆。他觉得空气中已经做好了失火的准备，并以煤油味来向他的感觉器官报警了。

他心里想：这所房子终于要被烧掉了，烧吧，火灾是令人愉快的事……哦，不、不，这样去想的话，真会发生火灾的呢……如果真的烧起来，首先要把锁狗的链子解开，否则狗要烧死的……到时候说不定会惊慌失措而误事的，是不是现在先去把狗放开……唔，不要担心，不会发生什么火灾的……不管怎么说，最好天赶快亮吧……

他这么胡思乱想的同时，心里萌出了另一个念头："妻子大概真是去看电影了吧？"他想起今天白天那个"仙人"在"干活"的情景，由于夕阳映照着山丘，他便由夕照的色彩联想到火灾了……他觉得自己是很清醒地在想着这些事，但又觉得好像是在梦中思索的。究竟是前者还是后者？后来，他自己也搞不清楚了……

一个雨后的夜晚——可能还要迟几天；也可能是因为放在这里谈比较顺理成章吧——具体日子已记不真切，反正是在一个雨后的夜晚。又大又圆的月亮从那座山丘处静静地升起，仿佛是舞台上的背景在渐渐推出来。

这天晚上，两只狗叫得比平时悲伤得多，也激烈得多。

他走到院子里，想把狗链子解开，让它们活动活动。接着，他又从院子里走到外面去。天空中挂着月亮，这使他感到十分快乐。月亮差不多已升至中天，东面的天空清澈极了，越往西就越暗，到了西面的天际，变成漆黑了。寥廓的天空仿佛被一支大毛笔渲染过似的。他出神地仰望着月亮，迈步朝前走。远处的水车发出咯噔、咯噔、咯噔的声音，穿过田野传了过来。那“仙境山丘”的漂亮的山腹处，沐浴着细巧的月光，发出润滑的银光。

他在房前的街路上走过来踱过去地往返了好多次。他看着月亮从自己身后照下来形成的短短身影，或者不看自己的身影而一边注视着无比远处的月亮中心一边迈步。

两只狗跟在他的身后，互相纠缠着戏耍得不亦乐乎。他一站停，两只狗便围着他，兜着圈子追逐嬉戏。他听到有水在潺潺流动的声音。路边——就在他站立的地方，有一条沿着道路流去的小渠，细细的渠水击碎着月光从他脚下流过。这渠水像硕大的云母片似的，黑黑的底色上闪烁着亮光，还会颤抖着发出响声来。

忽然，一列由 K 开往 H 的十点多钟的末班火车震撼着月夜，从南面山丘的那一侧轰隆轰隆地通过去了。列车的声响延续了好一会儿。在这种时候，他觉得这声音很亲切，两眼越过月色明亮如白昼——哦，不，下起雨来的白昼还远不及这月色明亮——的田野，骋目朝南面的山丘望去……现在响着列车声音的那地方，在山丘的那一侧，有着繁华喧闹的大城市……那里是万家灯火，一只只窗口中闪烁出明亮的灯光……他听着火车在远处发出的响声，无端无由地突然冒出这样的想象来。这么一想，只觉得刹那之间——真正是一刹那之间，那山丘后面的整个天空变得通红了，好像被无数的灯火及其他的光亮映照出来似的……但随即就消失了。这真是神秘莫测的一瞬间。

“难道是我留恋过去的城市生活了吗?”

他心里这么想着，把视线移离山丘。在转移视线时，他忽然看到在自己所站的这条路的前方，有一个黑黑的人影正在向他渐渐走近，人影离他大约有两百多米远。他注视着黑影，觉得有人会在这种旷野里、沐浴着月光朝自己走来，实在叫人不寒而栗。于是他想到：月夜要比黑夜可怕得多!

这时那人影向他发出一声尖利的口哨声，只有一声：

“咻!”

两只狗闻声后，像疾风一样朝人影窜去。这叫他感到非常不愉快，因为平时这两只狗除了他这个主人召唤它们外，从来不向别人奔去的。今晚却听得一声口哨响，就飞快地奔去了。

他感到有点儿狼狈，便同样尖利地吹了一声口哨：

“咻！”

他想把狗招回来。两只狗听到他的口哨声，有所悟似的赶紧奔了回来。

“法拉迪！”

那人影叫起狗的名字来。

“法拉迪！”

他也赶忙同样地叫起狗的名字来。

他的这一叫声竟同那人影的叫声没什么两样。由于要立刻应声叫出这个名字来，所以他的叫声简直成了那人影的叫声的回声了。他自己也感到这两起叫声相像得难以分辨。他的狗也肯定听不出来有什么不同。一度奔出去过的狗，竟跟随着那人影，没回来。

他站在路上发愣，睁大着眼睛，想弄清楚那人影是什么人。那人影好像是沿着田埂从路旁向田野方向走去，并在石头地藏菩萨像附近转弯。接下来就怪了！

真是不可思议！在明亮的月夜，在一无所遮的田野中，这人影竟忽然不见了。

“啊呀！”的喊声已经到了嘴边，又被他吞下去了。他一溜烟地奔向家门、奔进屋里。

“……这村里，没有人会记得我的狗的名字，因为这名字有点拗口。哦，不，小孩子是知道的。不过孩子们总把‘法拉迪’错记成‘格拉迪’。即使是那么叫了，我的狗也不会朝着除我之外的人那儿跑去的呀。即使是跑去了，只要我一招呼，狗是一定会回来的呀！现在这种事儿，迄今为止实在是绝无仅有的。”他一个人在这么沉思，“……而且，这人影为什么会突然之间消失得无影无踪呢……难道是我这个人当时分离成两个人了吗？世界上真有所谓灵魂出窍这种病吗？如果确实有这种病状，那我大概是患上了这种病啦。狗无疑是能辨别声音的微小差别的，尤其是主人的声音，它决不会听错的，可是……”

他的心跳次数急剧加快，而且持续了二十多分钟。也不知是为什么，他就这么眼望着时钟钟摆的摆动，心里在想着有关“灵魂出窍”这一情况的各种文字记载以及狗的情况，在等待心跳次数变得正常起来。

心绪总算镇定下来了。他立即命妻子去看看狗是否像平时那样仍在廊庑的地板下。因为他觉得狗已跟随那人影而去，也许永不回来了。狗果然不在平时所在的地方，但是就在他的妻子呼喊它们的时候，两只狗幸运地（他是这么认为的）回来了。他问道：“月亮还在吗？”妻子回答：“月色正好着呢。”

第二天早晨，他把昨夜的事情告诉他的妻子，因为昨夜他害怕得没有心思对别人谈这件事。妻子听后忍俊不禁，这笑声简直叫他生气。他妻子对这件事的解释是这样的：“人影之所以突然不见了，无非是因为狗亲切地追到了这个人的脚旁，于是此人曲身抚摩着狗的脑袋。这样一来，由于田里有稻子的关系，在田埂上行走的人便被稻子所遮，行踪全无了。”他心想：“这话也言之有理，好像是说得通的。”但是，他在那一个瞬间里所感受到的奇异的恐怖感，并没有因为妻子的这一番解释而消除。

还发生过这样的事情——

有一次，深夜过后，一只飞蛾飞近煤油灯的旁边。在这种养蚕地区，到了这种时候，总是有飞蛾飞舞的。他平时就最讨厌这种飞虫。他记得有一次自己曾用手制的苍蝇拍子拍打过朝煤油灯扑来的飞蛾。飞蛾当场被击垮，它那月牙形并像梳齿般的粗粗的触角，在难以言传地簌簌颤抖；它以最后的努力翻了一个身，露出肥得颇讨人嫌的大肚子，只见六条细小的脚像抱紧着什么东西似的，在一起抽动；而且不时地想借翅膀的力量把肚子抬起，触角、脚、翅膀和肚子在各自做着有规律的轻微的动弹，一直不间断，把死亡前的痛苦向他表露出来。虽说这是一只小小的虫儿，但是它的这副样子足以使他感到凄然的了。从此以后，他特别讨厌这种虫儿，并感到很可怕。

这虫儿奇异的小脑袋上长满了灰色的细毛，像薄绢一样滑溜；在灰黑色中间，有一双略往外凸的红色小眼睛，这眼睛返照出深沉的光芒，颇有点儿怕人。蛾儿用翅膀紧紧附在煤油灯的灯伞上，纹丝不动，显得很郁悒；有时又像发疯似的拼命扇动自己那笨重的翅膀；此外，这虫儿会在灯的周围绕圈子嬉戏，随你怎么驱赶，根本不当回事地我行我素。当蛾儿贴近煤油灯、像在跳“死之舞蹈”似的兴奋地扭动着身体时，那变了形的身影映在灰白不清的褐色墙上，使墙的大半部分都蒙上了黑影子。虽说没有发出什么声音，可是那种极度不安的骚动，就像狂叫着的蛾群一样。蛾儿笨拙地避开他的驱拂，飞逃至纸拉门的上方，随即就用那厚厚的翅膀啪嗒啪嗒地把拉门上的纸扑得直响，宛如狂舞时发出的脚步声。

他看准蛾儿逐渐静下来后，撕下一小块报纸，总算把蛾儿按住，随即推开板窗把这讨嫌的虫儿抛掉了，因为他不敢再领教打死蛾儿的情形了。

但是没过十分钟，这只蛾儿（也可能是另外的蛾儿）又从什么地方悄悄地飞到了他的煤油灯旁，并且再次拍打着翅膀，开始那可憎的一片黑沉沉的骚乱。他又用报纸按住了蛾儿，再次推开板窗，把蛾儿抛到窗外。

然而，这次又是十分钟还没到，蛾儿第三次从什么地方偷偷地驾临了。这蛾儿是方才两度侵扰过他的那只蛾儿还是另外的蛾儿，他无从得知。不过，刚才那样紧密地被报纸所包裹、差点儿没捏烂的蛾儿，别说是飞出来，简直不可能还活着，可见这次飞来的当是别的蛾儿。总而言之，蛾儿是三番五次地向他的煤油灯袭来……这使他不得不怀疑：这小小的飞虫身上大概附有什么恶鬼吧。这么一想，他感到害怕起来，不敢再动手弄死蛾儿了。于是，他把妻子唤醒，命她来捕捉蛾儿。他的妻子用一大张报纸捕住了蛾儿。他从妻子手里把东西接过来，就用这张大报纸把蛾儿一层层地裹起来，再加上一张报纸，非常仔细地折叠了一番。这一次，他没有把纸包抛到板窗外去，而是放在写字桌上，再压上一本厚厚的旧杂志。

这时候，他总算定下心来，上床睡觉去了。

过了一会儿，他一时睡不着，便把烛台上的蜡烛点亮。只见一样东西翩翩飞来，带着嘲弄的样子擦过烛台旁——仍然是一只飞蛾。

他无法入睡了。

起初是时钟的嘀嗒声吵得他心烦。他便把枕边的钟和柱子上的挂钟都弄停了。现在在他们的生活里，时钟是完全没有用处的东西，只会扰人。但是他的妻子每天早上起床后，总要大致上估计一下时间，使钟摆重新动起来。她认为，家中连钟的嘀嗒声都没有的话，实在令人心神不定，也太寂寞了。对于这一点，他也颇有同感。他曾经好几次碰到过这样的情况——由于某种巧合，邻家的声音、狗的声音、鸡的声音、风的声音、妻子的声音、他自己的声音以及其他的任何声响，都戛然停了一下。这一瞬间使他感到异常寂寞、十分苦恼，甚至有点儿恐怖。那时，他心想：如果能听到什么声音就好了，并翘首盼望着，但是仍然听不见一点儿声响时，他便同妻子搭讪，说些根本毋须说的话。

或者，他就自言自语、不知所措地说道：

“唔，是啊。”

然而，时钟的声响在夜晚吵得他心烦，以致怎么也睡不着。每一声嘀嗒都打在他的心上，使他渐渐兴奋起来。所以他上床时，一定要把时钟弄停。于是妻子每天早上再使丈夫弄停的钟摆重新摆动起来；丈夫每晚又把妻子开动的钟弄停。开——停，停——开，这成了他们夫妇每天早晨和每天夜晚各自要完成的作业了。

时钟的声响停止后，由院子前流过的那渠水的潺潺声便令他不安了。现在，他开始感到流水声妨碍他的安睡了。由于天天下雨，流水声比往常湍急得多。一天，他去望了望水渠，只见渠里有着好多天以前——那是他搬到这儿居住、整理这荒废的庭园时——从渠旁堤上的柳树上剪落下来的粗柳枝，现在仍沉浸在渠水中，没有漂走。粗柳枝竟像堰水栅似的，堵住了水上漂来的树叶和废报纸之类的东西。渠水为了越过这堰水栅，一再跃起地骚动不已。他心想：每天晚上的水声原来就是这个道理呀！便淋着雨踩进渠中，从水底把粗柳枝拽出来，只见长有许多小分枝的粗柳枝上缠满了湿漉漉的绿色水草。他先把粗柳枝拽到路旁，再向水中一看，方才被粗柳枝堵住的树叶、纸片、稻草、女人的头发等东西朝前流去了，突然，有一样长形的物件进入他的眼帘——它混在那些东西里，在离他十来米远的下游处时浮时沉地流去。

仔细一看，原来是那根银柄拐杖——那天晚上，即同醉鬼争吵的那天晚上，他用这根拐杖打狗后把它扔到渠里了。

拐杖在这种奇缘下再次回到了自己的手中，这叫他欣喜异常。扔掉拐杖后，他觉得自己非常愚蠢可笑，以致没把失掉了拐杖的事告诉妻子，不过，他后来差点儿没脱口说出来。于是他认为那骚动不已的水声一定是这柄拐杖弄出来的；这拐杖知道他在寻找它，便通过这水声来通知他该到哪儿去找……

他手持拐杖，注视着渠水畅通无阻地直往前流去。他想到“这样一来，今晚可以清静了，可以安心了”。但是事实上并不如此，当天晚上，虽说流水声不及前一晚那么吵扰，却也很不得安宁。这水声固然十分微弱，但在他听来是非常刺耳的，所以情况仍同前一晚一样，使他不能安睡。

当然，他对这潺潺的流水声只好无可奈何了。

除此以外，还有一种声音会进入他的耳膜。这就是在南面山丘的那一侧行驶的末班列车的声响——这要在夜深以后才能听到，由于夜相当深了，时钟也停下了，便不知确实的时间。如果说这趟末班列车是按时在十点零六分从下站发出的，发出后就与他家遥遥相对地行驶了四公里而通过那山丘，那么从时间上算起来，现在似乎过晚了。何况夜里还不止这一趟车——从深夜时分听到这列火车开过之后不到一个小时，又可以听到有火车开过的声响。所以第一次听到的那列火车与事实上的末班车，时间上是无论如何对不起来的……如果说那是一列黑黝黝的货车，看来又是不可能的事，因为不会每天深夜都有货车在这种乡间铁路上驶过的。而对于这么清晰的火车声响，他的妻子却非常肯定地说：她根本没有听到。

当远处传来火车驶过的声响时，他无端地会产生一种联想——有朋友乘在这列火车中到乡间来了；如果真是这么一回事，来客又该是谁呢？是O？是E？是T？是A？是K？……他把能够想到的朋友都回忆到了，但是这些人中又好像没有哪一个人会来。然而，一个人——一个他所认识的人独自倚窗而立的样子却历历在目地浮现在他的脑际。最奇妙的是：有一天晚间他忽然觉得自己就是那个人了——以那种姿态坐在车厢里。这情形给他那荒诞不经的空想带来了可怕的也是充满魅力的爱伦·坡式小说的幻想。

时钟的嘀嗒声，渠水的流动声，火车的前进声——按照这个顺序，他每晚还听到了其他各种响声。其中最突出的一种声音乃是他住在城市里时夜深后经常听到的电车拐弯时发出来的那种尖锐的摩擦声，这声音时常震动着他的耳膜。

一天夜里，他蒙眬地入睡了，忽然惊醒过来，分明听到位于上首一百米左右的村中小学校里传来了清晰的风琴声响。他以为起床时间已经过了——小学校里正在上唱歌课呢！往四下一瞧，妻子还在酣睡，板窗缝里还没有晨曦漏进来，除了风琴声外，什么声音也没有……现在正是深夜时分。他怀疑是自己睡懵了，便竖起耳朵仔细听，分明听到风琴正以它特有的音色，用流畅、甘美和哀婉如晚春薄暮时分的情调，奏着十分熟悉的进行曲，曲子随风飘了过来。他神情恍惚地听得入了迷。

又有一天夜晚，他听到了平时在电影院里常常听到的某乐曲的某一章节……好像也是什么进行曲……但不知它究竟是从哪儿传出来的。

自从感受到了这些音乐声后，渠水的潺潺声就完全进不了他的耳朵了。于是，他用不着为了入睡而努力一番，而且睡不着时他也不觉得那么难受了。这一些声响——除了电车拐弯的声音，其余的各种声响都是愉快、清晰、幽邃的，带有各自的快乐节奏。而他在感到惊讶之前，早就听得入了神，只感到有一种难言的舒畅。尤其是风琴的声音最令他着迷，其次是乐曲，再其次是如同参拜神佛[①]的人敲钟后余音不绝的轻微声响。风琴的声音他只听到过两三次，而乐曲声却是每晚都有的。他边听边跟着乐曲声哼起来，并且把平卧着的身体略微抬起，用全身打着拍子。这似乎是性欲上即官能上的、同时也是精神上的一种快乐。如果这种情形是发生在修道院里的话，人们大概会命之为“法悦”[②]的。

幻听往往随同幻影一起出现，幻影有时也会在没有幻听先兆的情况下独自出现。

有一种幻影，它极细致极明了，有如市街图的一部分。这幅袖珍街市图把袖珍图中的粗部和细部，历历在目地展现在仰卧着的他的眼前——就在鼻端附近。现实中虽然没有这样漂亮的街市，他也从来不曾见过这样的街市，但是他想象得出，也深信：在东京一定有着与这街市完全一样的地方。

他想象中的街市是灯火明亮的夜景：五层楼的洋房还没有五分高；那房子就更加矮小了——不到半分或三分之一分

① 原文是“寒诣”，指严冬季节，每晚身穿白衣去拜佛，历时三十天。

② 法悦是指听了教义后茅塞顿开，于是欣喜异常。

高的小房子都各自有门，还有透出辉煌灯光的窗子；房子基本上是全白的。那青绿色的窗帘精细绝伦，使人叹为观止，甚至可以说一般的人简直想象不出来；而它们确确实实——挂在窗前，展现在他的眼前。哦，不，岂止这些，在这些房屋尖塔上的避雷针旁，有一颗星——只有一颗，它像点缀在黑色天鹅绒中的银点，闪烁着灿烂的光辉……令人不可思议的是：在这美丽的街市夜景中，看不见一辆车子，不论是什么种类的车子，连一个人影都看不到……街道两旁是排列整齐的柳树……从明亮的窗子上可以感到一种寂静的气氛，但又觉得哪里存在着一种难以名状的骚闹声……也不知是什么原因，他总觉得这房子是一家中国饭馆……他凝神注目望去，忽见整个街市正在远离他的鼻端，变得非常微小，形将销匿而去；忽而又见景色急骤膨胀，街市又变得非常大，几乎同真正的街市一样大了，而且还在不停地变，变得巨大无比，简直成了个大千世界……他出神地望着这番情景，这街市又慢慢地缩小了，恢复成原来的袖珍街市图，依旧回到了他的鼻端。

他觉得自己在几分钟，也许是几秒钟的时间里，从童话故事中的小人国飞到了巨人国，又从巨人国飞回了小人国。当街市变为巨人国的街市时，他觉得自己双眼间的距离也一度变宽了——像是变成了巨人，眼界也因此而扩大了。这幻影中的街市有时会在某一刹那变得同真正的街市一样巨大，戛然不动。他见状突然闪过一个念头：难道我真是到这样的街市中来生活啦？于是慌忙伸手去找火柴，火柴擦着了，他却在黑暗中环视着自己家中被烟熏黑了的天花板。

那番情景已经在他眼前出现过好多次，每一次出现，景色都与上一次丝毫不差。这是随同出现那一怪现象而来的又一件不可思议的事情。

有的时候，出现的不是那番情景而是自己的脑袋。他会感到自己的脑袋只有豆粒那么大……转眼间又膨胀、扩大成房子那么大……像地球那么大……无限大……他心想：这么大的脑袋如何进入这个宇宙的呢？不一会儿，脑袋以迅速得出奇的速度又缩小成豆粒般大小。他焦急万分，不禁用手去摩挲自己的脑袋，总算安下心来。他感到有些滑稽可笑了。刹那之间，电车拐弯时的“咯——咔、咔、咔”的摩擦声直刺他的眉心。

看来，这些幻视、幻感的出现，同幻听并没有必然的直接关系。对他来说，幻听本是一件很愉快的事，但是幻影如此大起大落地从无限大变成无限小的现象，连他都感到可畏可恼。

他觉得自己这些病态性的怪现象在逐日厉害起来。他开始怀疑这些怪现象是他的妻子传染给他的。他做着这样的设想：火车的响声，电车的摩擦声，电影中的乐曲声，东京某处完全陌生的街市，这一切幻影都是他妻子对大城市难舍的乡愁造成的——它们在妻子失神的时候，通过某种妖术，化成了“形”或“声”，并在他失眠的状况下，溜进了他的眼睛中、耳朵里。起初他只是这么胡乱地设想而已，然而不知从何时起，他竟觉得那不是设想而是真实的了。所以他又联想到：妻子平时常待的厨房里一定充满着有关东京的空想，难怪前次傍晚时分独自在家烧饭的时候会突然想起那种事。

他想：对自己这种意志力衰弱到极点的人来说，意志力很强的他人以及聚集在空中神灵世界里的精灵们的意志，无疑会强有力地左右着他。所谓生命，就是一种力量，它时刻都在征服周围的一切事物，弱肉强食，把其他东西的力量吸收为自己的力量，而且天衣无缝地高度统一起来。肉体方面无疑是这么一种情况，“灵”的方面和精神方面也一定不会例外。然而眼下那种有吸收、统一他人作用的神秘力量正逐渐离他而去——他的身体一天不如一天，说得正确些，他只是在时时刻刻消耗他迄今为止获得的自身。

这时候他才发现：黑暗乃是一种紧紧集聚在一起的、有分量的东西。

他的喜怒哀乐和恐惧感就这样成了完全难以同现实世界的人们发生共鸣的东西。孤独和无为这兄弟俩真具有一种奇异的力量。他有时这么想：如果自己现在是住在修道院里的话……如果自己不是同妻子在一起过日子，而是每天顶礼膜拜着美丽的贞女玛利亚的画像、自身又处于最近这种身心状态下的话，那么，夜晚的幻影就多半是天国的，而不愉快的成分就是地狱的了。这样，那画像中高雅优美的嘴唇便会动人地向他说话了，而令人烦恼的，便以画家斯皮纳洛①父子所画的那种恶魔的丑恶、狰狞面目，在他面前出现，并时隐

① 斯皮纳洛（1333—1410），意大利画家，他的儿子斯希纳里曾协助父亲创作。

时没，折磨着他。

还有，也是在他某个不能入睡的夜晚，板窗的缝隙里透进了一丝光亮，突然传来了小鸟的鸣啭声，这鸣声寂寞、哀婉，但也带着点儿清新的气氛，使他听了一阵鼻酸，直想掉眼泪。这大概就是所谓的忏悔情绪吧。因为在修道院这种地方，那生活的模式和思想的启示，是具备着种种条件来唤起那种幻影的——这是极容易唤起，也非唤起不可的……

他脑子里是在思考着这样一些事。这种思考虽然起于此时，但有所结果还是相当之后的事了。

突然，他觉得眼前浮现出人的脚来……空中好像光浮现出人的脚。这脚有多大虽不清楚，但是从它并没有特别引起人们的注意来看，大概同普通的人脚差不多大小。这光着的脚长得很美，皮肤洁白。他看着看着……突然之间，又有洁白的手指头在他眼前浮现出来，这手指头呈现出来的姿势，就同埃尔·格列柯[①]的画上常可见到的姿势一样——以大拇

---

① 埃尔·格列柯（1541—1614），西班牙画家，后期作品的风格大胆、奇特。

指和食指捏着什么小东西……过了一会儿，手消失了，只有那脚还在动，像踩着什么东西似的，不停地动。每动一次，脚尖就俯仰一下地使着劲，脚趾便像尺蠖似的一屈一伸……

他在梦中这么想：这梦是多么怪呀！哦，对了！对了！这脚是一个纺纱姑娘的脚，上次自己远足到王禅寺去，迷了路而走进一家人家，看到了这姑娘。那只手也是她的手。当时姑娘正踩着纺纱车，用手指捏着纺出来的纱……这么一回想，那手指头又出现了。这是乡村里难得见到的手和脚——非常白净……姑娘抬眼望了望来人，露出一张很漂亮的脸蛋。他在往王禅寺去的途中，遇上了阵雨……出现了彩虹……他在山中看到过这番情景。姑娘大概有十五六岁……他继续在做着"洁白的脚动弹不停"的梦，心里闪过一个念头：如果不光是手和脚，而是全身都清晰地显示出来，那该多好呀……突然，周围变得又亮又红了……他留神一看，蜡烛的火光射得他睁不开眼来——他醒了，他的妻子正推开拉门从走廊上走进屋来，她大概是去上厕所的。

"我平时对你说过，你得多留点儿神，我这个人呀，只要有一点儿灯光照到眼睛里，立即就要醒的。刚才我好不容易睡着了，却被你……”

他抬眼朝妻子眨巴着怕光的双眼，埋怨地说道。

“我是很留意的嘛……难道你是睁着眼睡觉的吗？”

他妻子这么说着，赶紧把灯火吹熄了，又问道：“王禅寺究竟怎么啦？你刚才说梦话了呢。”

“什么时候？”

“方才，就是我想点灯而擦着了火柴的时候。”

他听后，觉得自己真蠢，本以为是梦见了漂亮的脚，现在看来，那准是妻子的脚。他想：自己大概是头部偏离了枕头而侧着脸直接紧贴在地席上，所以看到了妻子的脚在走，竟以为是梦境了。他注意到了这一点。然而那个在王禅寺附近一所房子里纺纱的小姑娘——当时，他看到有一位小姑娘在那种地方又安详又孤寂地纺着纱，感到很有趣；但是过后就完全忘却了。不料这个小姑娘的身影竟会在他意识蒙胧的时候浮现出来，这事情实在叫他觉得希罕。

这是一个例子罢了。事实上不光是这一次，而是在那一段时期里，举凡他想努力入睡时，就会陷于这种睡眠状态。

“一点儿也没有发烧，倒是还比正常体温低一些呢！”

他的妻子把手按在他的前额上，说着，随即又缩回手按按她自己的前额，然后说道：

“我要比你热得多呢！”

他对此反而非常不满，想量一下体温，便命她把体温计取来。不料经过屡次的长途迁徙，体温计已经断了。

他想：如果不是发烧的关系，那么就是这天气不好造成的，就是这大风造成的——这天的风刮得真凶，把下着的毛毛细雨扫得横向飘落，云以及风本身都在迅速地移动。但是天气是闷热的。遇到这种天象，他从前一定会怀疑有地震而非常恐惧，然而今天刮着这么厉害的风，这就使他很安心了。不过，刮大风的日子毕竟是刮着大风，这种特别的天候也给他带来了焦躁不宁的心情，使他心惊肉跳。

猫啊猫啊，你要紧紧跟在后面！

猫啊猫啊，你得赶快藏到背后！

突然，从猛烈的大风中时断时续地传来了一首童谣的合唱声。他觉得歌声是随着风量的大小，断断续续地传到自己的耳朵里来的。不过，说不定这也是幻听吧？因为这是他家乡的童谣，而他在很久以前就把它丢在脑后了。

他的脑海里清晰地浮现出自己童年时期站在灰沙起舞的大风中，出神地望着孩子们做游戏的情景——在刮大风的日子（对，就是这种刮大风的日子），孩子们、特别是女孩子们，就互相追逐着去抓前面一个孩子身后的衣带，或者把头躲藏到前面的孩子的外套下去，与此同时，大家一遍又一遍地用刚才那个曲调反复唱着这首童谣。孩子们就这样在风中欢闹着，在他老家门前的开阔地里转着圆圈嬉戏……带有叠句的童谣在单调却感人至深的旋律下唱出来，而孩子们的游戏又与这童谣的意境十分吻合。

他的记忆被冲开了一个切口。他想起那时候……在旧城遗迹的后面有一片黑黑的杉树林，树林里有一条小路，它沿着旧城基础最高处的石头围墙延伸，高大的杉树林就坐落在那儿。林子里全是密密层层的杉树树干，从树干之间的缝隙里，可以看到河流，看到船帆。脚边的羊齿草长得又高又密，所以小路一直是昏暗的。杉树林里发出一种特有的湿度很高的气味。他童年时期最喜欢这条小路……长成大孩子以后仍然如此。后来，他在器械体操中受了伤，被上过两次麻醉药，但他在麻醉中，两次都梦见自己在这条林中小路上踯躅……有一天傍晚，他在这树林里发现一朵很大的黑色百合花，便靠上前去，想摘取这朵花儿。在仔细端详花儿的过程中，他被突如其来的某种传奇性质的恐怖所左右，慌忙连滚带跌地从山路上奔下来。第二天，他带了一名男仆，到那一带寻找花儿。他俩在附近几乎找遍了，那里根本一无所有。这是他第一次碰见令人不可思议的自然现象。那是他在童年时期就有过的幻觉，抑是可以称之为自然本身的幻觉产生出来的真实的奇花呢？他至今思之仍不得要领。不过，当时在风中摇曳的那朵美丽的花儿，是永远铭刻在他的心中了。这朵罕见的奇花象征着他的“蓝花”①，可见他从童年时代起就是一个这么孤寂的孩子了。

① 德国浪漫主义作家诺瓦利斯（1772—1801）有一部未完成的长篇小说《亨利·冯·奥夫特丁根》，日文译本译作《蓝花》。小说描写主人公终生追求一朵神秘的蓝花，反映出作者的神秘主义思想。蓝花也就成了浪漫派的象征。

他当时常常独自在他家后面的旧城基础上以及旧城背后沿河的树林中散步，他特别喜欢那被人称作“锅炉”的深沟。那一带有烧石灰的小屋，石灰石、方解石的结晶使他那小脑袋触及到了自然界的神秘现象。他常常出神地凝视着沟里不时卷起的一个个足有四铺席半大小的旋涡，碧绿清澈。他还时常梦见这番情景：那时候他大概才八九岁吧……他那时撒了什么谎的话，睡到半夜里一定会醒来，于是担心得怎么也睡不着，便推醒母亲，向她表示痛切的忏悔并恳求她的宽恕，然后才能进入梦乡。

“……此外嘛，对了，每天夜里都能听到织布机杼子的响声。那时候我大概只有五六岁吧。也许我在很久以前，从那个时候起就患有神经衰弱症了吧？看来幻听的毛病也是从那个时候起就有的……”他想起这些，心里很吃惊——这些童年时期的琐事竟然比昨天发生的事还要清晰（因为他现在对昨天发生的事都记忆不清了）。

曾经有过这么一件怪事：三四个月以前，就是在暮夏时节，他在某山中人家，那是一座冷冷清清的大宅子——那儿开有百合花和百日红——宅子里只住有一位上了年纪的母亲和一个小女孩。他蒙眬入睡的时候，就会看到小女孩那洁白、美丽的手脚。这个小女孩的形象在童话故事的意境的衬托下，一直深藏在他的心坎上，并且时时要混进他对童年时期的一些回忆中去，简直快成了他记忆之林里的“仙女”了。

每当他发现自己要这么想的时候，便自己呵斥自己：“不，不，这是很久以前的事呀！”他就是这样提醒着自己，加以纠正……

他现在陷于这种对童年时代的追忆而不能自拔。其实这一些旧事全是他迄今为止几乎忘记得干干净净的事！于是他竟化成了在自己的回忆中出现的那个孩子，并怀恋起自己的父母兄弟来。他平时一贯只想着自己的事情，根本没想到过别人，这时候却十分苦恼地怀恋起亲人们来，这是他不曾有过的表现。他已经有半年以上没给自己的父母兄弟写过一次信了，他尤其可怜自己的姐姐——她离婚后回娘家，耳朵又相当背。他努力先去回忆母亲的面容，尽管他和母亲只分开了半年的时间，但是怎么也记不清母亲的音容了；他把母亲的不完整的印象硬是凑在一起，奇妙得很，也是非常出乎意料的，他的脑海里竟浮现出母亲在十七八年之前的怪样子——那时母亲正患着丹毒症，抹着一脸的黑色药物，像是戴了一只黑色的面具，只有眍进去的眼睛在闪烁，她像怪物似的，有气无力地摇着手，不准他走近病榻。他这个小男孩啜泣着走到院子里后，大声哭了起来。他的泪眼看到了模糊的山茶花的枝叶，看到了一朵朵模糊成一簇簇的花儿，奇怪的是：这些花儿竟要比他母亲的面容清晰得多地浮现在他的眼前……这些从来没有去回忆过的事情一件挨一件地浮现出来了。这情绪忽然使他联想到死。他想：这种情绪一定是病人将死之前会出现的情绪，看来，自己大概离死不远了……难道自己就要这样死在一个熟人也没有的山里了吗……肯定要死了吗……他的想象在遥无边际地驰骋。

他从来没有直接想到过死的事。于是他第一次以他那特有的空想形式，怀着好奇心，把朋友获知他死讯时的各种景象在脑际一一勾勒出来。与此同时，他在狂风中侧耳倾听着蟋蟀不停的鸣叫声，这鸣声仿佛要把人的灵魂从嘈杂的世界超度到一个独立而寂静的世界里去。

他伸出手去，想从枕头上方的书架上随便抽取一本什么书。就在他的手触及书架的一瞬间，突然听到“当啷”一下打坏东西的响声。他以为自己碰落了什么东西，吓了一大跳，朝周围望望。原来是他的妻子在厨房里打坏了东西，那声音顺着风儿传到了他的耳朵里。

他的书架现在是相当“可怜”，上面只有为数很少的旧书，它们在灰尘中互相依靠着，仿佛就要倒下来似的。这都是一些不值钱的书籍，是自然淘汰下来的。两三年来，他对这几本书早就看腻了。他刚刚抽到手里的是《浮士德》的译本。为了能从那种无益、过分好奇的空想——有关“自身将死”的空想中解脱出来，他翻开这本根本引不起任何兴趣的书，想读一读。但是屋外的风声不断从他耳际掠过。在厨房的食具洗濯槽处，那唯一的一块窗玻璃在咯噔咯噔地颤动，惹得他的身心很不好受。

他趴在床铺上，浏览着翻开的书页上的字句：

真是人间少有的乐趣！
不顾夜露，在山上住宿，
欣然将天和地拥诸怀抱，

超然物外，仿佛升成神道，

以想象之力发掘大地的精髓，

胸中深感六天创世的伟业，

傲然自得而莫名其妙地优游，

时而充满爱的喜悦与万物同流，

完全消失了凡人的面貌，

…………

他随手翻到的地方是《浮士德》中《森林和山洞》这一章里的梅非斯特①的道白。这几句话的意思，他完全明白。他觉得这台词正道出了他刚到乡村来居住时的心情。

他离开床铺，摇摇晃晃地站起来，从写字桌上取来了红墨水和蘸水钢笔。于是他的眼睛逆着刚才读过的字句往上移，移到浮士德在洞中的独自处，开始往下读。他使钢笔蘸饱了墨水，在读过的句子旁边一一画上了红线。他画出的直线极细、极为神经质，既不触及铅字，又一点不弯折。他竭

① 梅非斯特是传说中的恶魔，是歌德在《浮士德》中否定的反面人物。

尽全力控制着他那颤巍巍的手指。

…………

总之，我不干扰你这种快意，

让你时时去哄骗自己；

可是不要搞得长久。

你又已经过分疲劳，

再搞下去，会完全消耗

而陷入疯狂、胆怯和心忧。

不多说了！……

由于他专心致志地只顾画线了，所以字句里的意思是在回过来重读一遍的时候，他才理解的。他觉得梅非斯特现在是在书中对我说话呢。哦！多么可恶的预言！“会完全消耗而陷入疯狂、胆怯和心忧。”这是真的吗？这话同他眼下这种处境是多么切合呀！哪怕到浩如烟海的书籍中去一行一行地拼命寻找，也绝不会再找出这种有所启迪的话来的。他觉得，对于自己当前的生活状况，那几句话的评价是最恰当不过了。望着书上这些一针见血的字句，他甚至感到这些铅字在渐渐地叫人害怕。

“啊哟，多么大的风呀！你瞧瞧屋后丛林中的树呀，身体很细，却要长得那么高，所以只好在风中摇摇晃晃啦！它摇晃得多么吓人！会不会断掉呀？”他妻子的声音传到了他的耳朵里，这声音中似乎蕴涵着什么重大事件的哲理似的。由于有一半的音量被风声抵消了，所以听起来仿佛是从远处发出来的。

他定神一看，妻子正站在他的枕头旁边——她先前就一直那么站着的。妻子问他“要吃点儿什么”，他不予回答，很费劲似的翻了一个身，存心把脊背朝着妻子。不过，他马上又把身子翻了回来，对妻子说道：

“喂！刚才是什么东西打掉了？”

“唔，一只西式碟子，一毛钱买的。”

“哼，一毛钱买的碟子？你大概觉得碟子不过值一毛钱，打掉就打掉了，对吗？殊不知一毛钱也好，一元钱也好，这都是人们随心所欲暂时标出来的价格。对我来说，那碟子的价值就超过一毛钱。即使是一只碟子，也弥足珍贵。唉，说起来，碟子也是一种生物呀。哦，你请坐下。近来，你一个月里打掉了五只碟子。你手持碟子，脑子里却没想着碟子的事而心不在焉地想着别的事。于是碟子生起气来，从你手中逃出来而滑落在地。你实在不该光惦记着东京，你根本还不了解这寂静的田园生活的丰富情趣。你仔细瞧瞧，这里也是非常热闹的，包括那些你认为微不足道的一件件厨房用具在内，你如果想听，可以让你听到许多有趣的情况。所谓热爱生活，所谓真正愉快地去生活，也就是要真心诚意地去热爱这些微不足道的东西、去热爱日常的生活，不可能有其他的途径，对吗？……”

他像是在说梦话似的埋怨着。对于平时沉默寡言的他来说，这是很难得的长篇大论了。他一句接一句地唠叨着，以致本来是说给妻子听的，却在不知不觉中变成说给自己听了。他在发议论的同时，才注意到这些想法竟是自己平时想都不曾想过的、完全出乎意料之外的念头。然而，当他真的有了什么新的想法而要表达的时候，就词不达意了，于是，讲出的那些话只是在思想的浮面滑来滑去，怎么也讲不清。“神圣的日常生活，神秘的日常生活……”他感到他要说的事，是语言所无法表达清楚的。于是他缄口不言了。

两个人默默地听着屋外呼啸的风声。隔了一会儿，妻子毅然开口说道：

“喂，父亲三月份给我们的那三百元钱，现在只剩下十元多一点了。”

他根本不打算答腔，突然嘟嘟哝哝地自言自语道：

“我这个人呀，没有天分，现在又失去了一切自信……”

黑暗包围着他。这种沉闷不堪的黑暗，是由红、绿、紫等颜色密集重叠而成的。他在黑暗中摸到了火柴，把枕边的蜡烛点燃，然后下了床。蜡烛光静静地射到睡在一旁的妻子的脸上。但是妻子睡得很熟，身子一动也不动。他站在摇曳的蜡烛光中，对着妻子的酣睡神态，凝视了好一会儿。这时，他仔细地望着妻子的脸，仿佛在看一个陌生人似的，觉得很新奇。

蜡烛光把物体截然分明地划在两个世界——一个是光亮的世界，另一个是影子的世界。出现在光亮世界里的人的脸庞，在很强的侧光的映照下，产生出红色的、对比度很强的光泽，这种浓淡铸成的效果，使人感到别人的脸庞完全变为另外的东西了。他深感人的脸庞——不光是自己妻子的脸庞——普遍地都是那么丑的。反映在他眼睛里的，乃是一团凄惨、可怕而丑恶得很特别的东西。床上的女人上床时就已把那团黑黑的梳西洋发式用的发髻解下来放在枕边了。说来也很奇妙，当他看到这只发髻时，才感到睡在床上的女人乃是自己的妻子！

他把蜡烛台稍稍举高一些，贴近她的耳旁，察看了一番；又带着好奇的情绪，实际试验了一下由光线造成的那种效果的变化情况。他仔细观察着实验中出现的各种现象。他的妻子竟然一点感觉不到，仍旧沉睡不醒，身子都没动过。他心里想："难道我现在把剑顶近她的咽喉，她也会这么安详地沉睡吗？不，在那种情况下，不论她是多么迟钝，也会出于人的本能而醒来的，这是毋庸置疑的。"随即他又想："也许她现在正做着要被人刺杀的噩梦吧……"不过，人们在这种光线的诱惑下，会产生出种种念头来的。这种气氛和环境在实际上促使人们下决心去杀人的情况，看来是自古以来就有的……

“当然，这并不意味着我现在就要杀死她……”

他不禁小声地这么说道。这是他慌忙在为自己那种可怕的胡思乱想进行辩解。

“那么……我现在为什么要做出这种样子来呢……”

他发觉了这一点后，赶紧把妻子推醒。

这时是深更半夜。

妻子总算醒了。她觉得摇曳的蜡烛光很刺眼，便转过脸去躲避这亮光，并像那种不曾完全睡醒的人往往会表现出来的那样，嗫嚅着说道：

“又要锁门了吗？你就放宽心吧。”

她说着翻了一个身。

“不是的。我要上厕所去，请你陪我一起去一下。”

上过厕所回来，他要去洗手，把门拉开了一小半。于是月光从门的空隙间一下子钻了进来。月亮从正面射来，照到了走廊上，光线在板壁上形成一个走了样的长方形。他觉得事情真是不可思议——自己刚才梦见的地方竟同眼前的景象惟妙惟肖，也是这么一个沐浴在月亮下的走廊，他的梦就是在这种环境里醒来的——多么奇妙的巧合呀！他先是觉得这是异常可怪的事，接着，他忽然心生疑窦——莫非自己现在站在这里，实际上仍然是在继续做梦……

“喂，我不是在做梦吧？”

“你说什么？你是睡迷糊了吧？”

他的妻子取过蜡烛台，月光从上空洒下来，微微发红的烛光顿时失去了光泽，火焰在风中晃得很厉害，眼看就要被吹灭，幸亏他妻子用袖子遮掩，火焰才减慢了摇晃的频率。不知不觉间，风渐渐趋于平稳，云却在向南面狂奔。可以这样想象：一大片乌云正降着小雨从头顶通过，而乌云间大概猝然裂开了一个巨大的口子……月亮正是从他想象出来的这个裂口中冷清清地照着他俩。

他忘记了洗手的事，举目望着珍异的月亮。这月亮很奇妙，也不知是几时的月亮，虽然已经呈圆形，下半部分却又淡又糊，似乎就要消失。不过上半部分明亮如镜，正皎洁妩媚地浮现在黑云同黑云之间的深邃的夜空中。

他觉得这明亮的上半圆酷似某种东西，对了，它同头盖骨的圆顶部分十分相像。那么，这月亮的整体就很像整块头盖骨了，是银质头盖骨，是抛过光或者是刚从熔炉中取出来的银质头盖骨。这种联想使他突然想到了海盗船那一类的事情。也不知是什么原因，他想起了“神圣的海盗船”这个词汇。他百看不厌地眺望着颜色发青的月亮。

“啊！从前也发生过这样的情况，完全一样。那时候我也是这么站着，站在这种地方。云的形态，月亮的样子，都是这副模样，丝毫不差。那时候脑子里所想的事，也同现在一样。那如同渺茫的洞底似的以往情景，也和现在完全相同地重合在一起了。一分一毫都不差……”他在这一瞬间里，茫然地这么想着，“……那是什么时候的事呀……是发生在什么地方的事呀……”

满天空都是飞奔着的行云，几乎要把月亮——那银质的头盖骨吞没。

“现在该锁门了吧？”

妻子好像有点儿怕冷，这么问道。

他大概是听到她的这句问话方始醒悟过来似的，赶紧把身子往门外送，想去洗手。就在这一瞬间，只听到他叫道：

“啊呀，大事不好！”

“怎么啦？”

“我是说狗！”

“狗？”

他当即伸手抓过那根闩门用的竹棒，尽力朝院子门口掷去。这时，他清楚地看到一条白狗闪身躲开了翻着筋斗飞来的竹棒，随即瞅着竹棒，窜了出去，并且衔起竹棒一溜烟地逃跑了。他看着这狗夹紧着尾巴，耳朵朝后挺，衔着竹棒的口中露出了雪白的牙齿，嗒啦嗒啦地流着口水，从他家门前的道上一个劲儿地奔去了。这只大狮子狗沐浴在月光中，一团团长毛发着银光，两腿迅速得像是在抛梭织布，使他目不暇接。它就是那坐落在山中的王禅寺里的狗。尽管是一眨眼的工夫，他能够毫不犹豫地予以肯定。

“那是条疯狗呀！”

他慌忙呼叫自己的狗的名字，不停地呼叫。他的两只狗大概没在那儿，没有回音。他的妻子一点儿也不知道究竟发生了什么事。不过，她也如法炮制，同丈夫一起呼叫着狗的名字。尖锐的呼叫声在山丘处发生了回响。呼叫了七八次之后，听到了铁链子的声响，只见两只狗一齐迈着蹒跚的步子出现了。它们摇着身子，把链子弄得咯啷咯啷直响。它们感到主人的突然呼叫很不可解，但还是拼命地摇着尾巴——几乎没摇断；鼻子也在喷喷地作响。

月亮已被云吞没。

他从妻子手中接过蜡烛台，立即向两只狗的方向照去，可是被一阵风吹灭了。他马上点起煤油灯代替照明，看到自己的两只狗并没有什么异样。

“哦，吓坏我了，我真担心自己的狗会不会被疯狗咬了呢。”

他上床后，把方才见到的情况详细地告诉了妻子。妻子一开始就持否定的态度，她认为：不管月光有多么明亮，终究是在月光下，所以不可能看得那么清清楚楚；其次，王禅寺的狗固然是成了疯狗，但是早在一个星期或者是十天之前，已经为此而被杀死了。

他妻子说：“当时阿绢就讲过这样的话——‘所以，府上的狗也得多加小心哪！’”

“这些情况，都是我亲口告诉你的。”他的妻子分析了事情的来龙去脉，耐心地向他作着解释。但是他觉得自己并没有听到过什么“王禅寺的狗变成疯狗”之类的消息。

他说道："狗的灵魂在原野里那么奔跑，而这种灵魂之类的东西，只有我能看见……"

他想：忧郁的世界、呻吟的世界、灵魂彷徨的世界……大概我的眼睛就是为了这样的世界而生的——忧郁的屋子里的忧郁的窗正朝着忧郁的废园敞开着。

他想：我现在生活着的这块地方，已经不是在"生的世界"里了；不过，也不是"死的世界"；可能是介于这两者之间的一个"幽寂的世界"。自己大概是生犹如死地在"死的世界"中彷徨……如果说但丁[①]是以活人的身份巡游了天堂和地狱……那么，自己现在所站的地方，至少是一条以死亡为底边并向死亡明显倾斜着的坡道。

第二天——那无月的雨夜之后的一天——是一个好久未曾有过的大晴天。天地好像是这天早晨才苏醒过来似的。宇宙万物已在阴雨连绵的这些日子里，不知不觉地化为深秋景

① 但丁（1265—1321），意大利诗人。他在代表作长诗《神曲》中，以梦幻故事的形式，用隐喻象征的手法，描写作者游历了"地狱""炼狱""天堂"的情景。

象了。倾洒在稻穗上的阳光，和煦的微风，天空以及纤细的浮云，都自然而然地同夏天不一样了。他觉得眼前的景象全都清澈透亮，仿佛是各种颜色的玻璃组成的。他用全部身心去感触，他做着深呼吸。新鲜而凉爽的空气径自浸入他的肺腑，无比甘美。这天早晨，他的妻子没有像平时那样去把狗拴好，看来这是不无道理的，她这一处置法确实很好。远处的田野里，可以看到他的狗——法拉迪和莱奥——欢乐得又跑又跳。年轻的农民抚摩着莱奥的脑袋，温顺的莱奥高兴得悉任农民抚弄。他心神恍惚地久久注视着这受到太阳祝福的田野、狗以及在弯腰劳动的农民。太阳已经升得很高了。他想想自己为什么不早点儿醒来观看这番景象呀！他步下走廊去洗脸，走过院子时，看到应该是在昨夜被白狗衔去的竹棒，却滚翻在胡枝子的根旁。他不禁苦笑笑，不过，毋宁说这是愉快的微笑。

麻雀纷纷降至井边来啄取撒落在地的米粒——这也许是他的妻子故意泼出来的。麻雀从来没有在这里如此聚集过，足有三四十只。它们听到他的脚步声，惊吓得一飞而起，逃到就近的树枝上。其实它们用不着逃嘛。柿子树上停着不知名称的小鸟，脸蛋儿是白的。这时他想起了对鸟儿进行说教的圣弗朗西斯。

从他家的屋檐处升起的晨炊，透着日光，像绫罗似的裹着柿子树的树枝。那被雨打毁而没有开的蔷薇花，今天早晨终于一朵朵开出来了。蜘蛛网上沾着露水，在日光的反射下，像是一盏盏灯饰。从蔷薇叶子上掉下来的露水，闪烁着光亮滚落到蜘蛛网上，于是，露珠顿时像颗不能到手的珍宝似的，使蜘蛛网激烈地摇晃起来。而带着重量的露珠就顺着蛛丝朝低处溜去，最后光闪闪地落到了草丛中。他很能以这种新鲜的情感来欣赏眼前那些极平常的美。

他拿起带绳的吊桶想去打水，朝井底一看，只见无边无际的苍天被切成一个直径三尺的圆，侧映在水中，像平静地铺着深不见底的琉璃，一眼望下去，井水自身好像在发光似的，从内部透出了光亮。这情景使他踌躇着不敢松手放吊桶了。他俯视着井底，觉得自己的情绪也像井水一样的平静。汲上来的水却因为连日下雨而变浑了，然而他那平静的情绪已经完全不会因此而生气了。

当他在妻子准备好的饭桌前坐下时，心情是平静的。饭桌上有着妻子前几天从东京带回来的可口的食物，开水在火盆上的铁壶里翻滚。他想：确如妻子所指出的，他的郁悒的情绪是那可恶的坏天气造成的。他正要举筷子时，忽然想到了刚才在井边看见的那含苞未放的蔷薇花蕾。

“喂，你注意到了吗？今天早晨开出了极美的花蕾啦！那是我的花呀！只张开了十分之二呢，而且这一次的红色非常深，也非常娴静！”

“嗯，当然看见了。是正中央开得很高的那一朵吗？”

“对！真是‘一茎独秀当庭心’①呀。”接着，他自言自语地说道，“可不可以叫‘新光对白日’②呢？不行，‘白日’未免有点儿滑稽。不管怎么说，这花儿是错过了季节才开的……”

“到了九月份才勉强开出来了。”

“我们去把它摘来，你看怎么样？”

“嗯，我这就去摘。”

“摘来后，我们把花放在这里吧。”他用手指头在饭桌的

① 这是我国唐代词人储光羲（707—760）的《蔷薇篇》中的诗句。

② 这是我国南北朝诗人谢朓（464—499）的《蔷薇诗》中的诗句。

中央咚咚地敲着。

妻子立即站起来，先去取来了一块白色的桌布。

“那么，把这桌布铺上吧。”妻子说。

“好极了。哦！桌布洗过吗？”

“我事先就收起来了。因为想到一旦弄脏的话，这种下雨天是没法洗的呀。”

“这可真是妙极了！我们简直是在摆花宴啦。”

妻子听着他欢乐的笑声，走出去摘花了。

她拿着插有花的杯子，随即就回来了。她手捧杯子急匆匆地走进屋子，样子不大自然，像是在舞台上演戏似的。他见状后，很不愉快，仿佛自己被人恶意嘲弄了。于是，他无精打采地说道：

“哟，你采了很多呀。”

“嗯，都采来了，全部。”

妻子很得意地回答。他听后觉得可恶，怪妻子没有弄清楚他原来的意思。

“这是为什么呀？有一朵就行了嘛。”

“可你并没有这么说呀。”

“我也没说过都采来呀！……喏，我认为有一朵就足够了。”

“那么，其他的全扔掉吗？”

“算了，算了，既然特意采了来……唔，这样吧，就放在那里吧……哎呀，你这是怎么搞的？我说的那一朵，你并没有采来呀。”

“喔唷，什么‘说过’‘没说过’的，那儿只有这么一些，我悉数采来了！”

“是吗？我记得有一朵红色的花蕾，底面还稍带着些天蓝色……我只想要那一朵。”

“你又来了！哪里有什么‘底面带天蓝色’的，这叫人到哪儿去找呀！我看一定是花儿反射出天空的颜色了吧。”

“也许是的吧。那么……”

“哎唷，你不要这么凶好不好。我要是做错了什么事，请你多多包涵，我还以为采得越多越好呢……”

“用不着这样轻描淡写地道歉一番。我只希望你能理解我说的话……我是要一朵花蕾，好把它放在眼前、放在阳光中，我就一直盯着它，直到花儿开放。我只要那一朵，其他的就不妨让它们长在树枝上好了。”

“可是，你不是很喜欢东西丰富吗?”

“宁缺毋滥，真正有用的东西，一件就足矣。这才是真正的丰富。”他深深玩味着自己这话里的涵义。

“我说，你快点把精神振作起来，好不容易碰到这样一个美丽的早晨……”

“不错。正因为难得碰上这么美的早晨，所以你的举动真令人不愉快。”

他说着说着，渐渐地觉得妻子也很可怜，于是感到自己太任性了。他看到妻子的食指上有血渗出来，大概是被蔷薇上的刺划破的。他心里在对妻子表示同情，但是他的性格又使他讲不出口来。他想，索性藏在心中，别让妻子知道、别让妻子知道吧……而他又不知道该在哪儿打住自己这种刺人的话才好，这就更令他焦躁不安了。他努力闭上了口，显得很不自然。

他拿起了插满花的杯子。起先举至眼睛处，透过杯子的玻璃看进去，只见浸在水里的绿叶越发绿了。叶子的背面无不银光闪闪，并把红色的刺衬托出来了。厚厚的玻璃杯底，像水晶似的发出清澈的冷光。小玻璃杯中的小小世界正是绿色和银色的秋天，清丽动人。

他把玻璃杯放到眼睛下面，细致地观察每一朵花。这些花——花瓣和花蕾都不幸遭到了虫蚀，没有一朵是健全的。于是，他稍稍平静一些的心情又发生了波动。

“这是怎么搞的！你看看这些花儿！不能仔细选择一下再采来吗……喏，都被虫蛀过了。”

他不禁脱口而出地这么说道。但马上又同情起妻子来，忽然，他一下子抽出其中最美的一枝花蕾，态度温和地说：

“喔，就是它！这就是我说的那一朵。它竟在这儿呀！”

他想以这柔和的措辞来使自己的态度变温和，并使妻子变得愉快起来。但是妻子不想回答，一声不吭地拿起饭碗盛她自己的饭。他斜睨着她的举止，朝妻子的前额觑了一眼。他心想：“我现在若把这玻璃杯向她的额上掷去……哦，不，不能这么做，我本来就很任性了。”他无可奈何地怀着寂寞、悲切的心情，把那朵采下来的花蕾拿近自己的眼前，仔细察看起来……这花蕾包得很紧，胖鼓鼓的腹部穿有针眼那么大的洞洞。这小洞洞穿过花蕾的一重又一重的花瓣，一直通到又小又白的花蕊深处。不言而喻，这是虫子干的。他心里很不舒服。不过还是皱着眉头注视着这花蕾。

他灵机一动，把花儿扔下。

接着，迅速地伸手移开滚着沸水的铁壶，重新捡起花蕾，往火中丢去。花蕾上的花瓣吱吱吱地烧焦了……他望着熊熊的炭火，顿时情不自禁地叫道：

“啊呀！”

他简直要跳起来，但是终于忍住了。他心想：“现在跳起来的话，我就成了疯子了！”与此同时，他又迅速而尽量沉着地用火筷子的筷尖夹起在火盆里燃烧的花蕾，丢进旁边的炭笼里。

干过这些事之后，他战战兢兢地去察看火盆里的炭火，不料炭中什么也没有，也没有留下任何痕迹，好像刚才根本不必惊叫——什么也没有。他拨开炭灰，灰底也没有任何东西。他刚才看到炭灰上的青颜色在迅速蔓延——比煤油滴在水上还要快——的景象，大概是一刹那之间产生的某种幻影吧……

他从炭笼的底上，重新把花蕾取出来。夹在火筷子上的花蕾被炭火烧得褪了色，而且沾满了乌黑的炭粒。他再次仔细地把花茎察看了一番，情况同他第一次看到的一样——随着他的手指的动弹，那颤巍巍的花茎上的花蕾——从花萼到蛀了小洞的那两张叶子的背面，有一种虫子——它的颜色同花茎的颜色绿得一样，非常非常小，仿佛工笔画上朦胧的石头围墙，密密层层地铺在花茎的表面，连针尖大小的空隙都没有。看到炭灰表面的那层绿色在一味扩大的景象虽说可能是幻觉，但是这布满在花茎上的无数小虫绝不是幻觉——它们碧绿碧绿地铺满了花茎，数也数不清，数也数不清……

“哦，蔷薇，你病了！”

他忽然听到了这一句话。这是从他自己的嘴里说出来的。但是听上去，他又觉得这是别人的声音，是别人借他的口说出来的。这是哪一位诗人写的诗句。他记得有人在书的扉页还是什么地方，引录过这句诗。

他尽力想使自己平静下来，为此，他拿起放在眼前的空饭碗，轻轻地递给妻子。

就在他伸出手去的一刹那间，那句意义不明确的诗突然又从他口中冒了出来：

“哦，蔷薇，你病了！”

他勉勉强强把一碗早饭吃下了肚。

妻子在呜咽。“唉！又来了呀！”她一面在心里嘀咕着自己的丈夫，一面拾掇饭桌。她拿起插有花的玻璃杯，不知该怎么办才好，简直无所措手足。大概是他无意中挼碎了那被虫蛀蚀过的烧焦了的花蕾吧，花儿碎成了粉末状，呈红色洒落在火盆的长搁板上。他装作没有看见这些红色粉末，打算步入院子，当他举足从走廊往下跨入院子的时候，突然又叹道：

“哦，蔷薇，你病了！”

被他称为“仙乡”那座山丘，今天在碧蓝的天空下，它那带有女子曲线美的山坡更加清晰明朗了。山丘顶部的茂密的树梢微微耸起，像打开了一半的折扇，美丽的云彩就从树梢处轻盈地飘浮出来。那带有黄颜色的红褐色非常美，简直要叫人感动得落泪。曾经在一天之中就变成了紫色的那地面的色彩，现在使绿色的竖条纹更加夺目。况且，今天又在绿色条纹中织入了一丝丝黑影，山丘便格外引人注目了。

“最后，我会不会在那儿自缢呀？那儿好像有什么东西在向我召唤呢。”

“神经病！你别因为一时高兴而开这种毫无意义的玩笑哪！”

“可以不至于郁悒地了却此生啦……”

他的这种空想使他突然举起一只手来，仿佛现在就要把一根无形的带子投挂到山丘上某一枝看不见的树桠杈上去……

“哦，蔷薇，你病了！”

井里的水同早晨时一样，呈圆形地轻轻荡漾着，映出了他的脸。一张柿子树上的枯叶飘落到水面上，在轻轻浮动。圆形的波纹以轻盈的枯叶为中心，向四面静静地扩大，井水摇荡了，随即又恢复到平静状态。静极了，平静极了，无比的平静。

“哦，蔷薇，你病了！”

现在，蔷薇丛中一朵花儿也没有了，只长着叶子。而且叶子也都被虫蛀过了。忽然，他随意一瞥，望见妻子正在把今晨那插有花朵的玻璃杯放到厨房的暗角处、搁板的一旁，像是藏起来似的。花儿又红又寂寞的神态映入了他的眼帘。

“你为什么要为这种微不足道的事生气呢？你玩世不恭，这是很可怕的事……你不懂得忍耐。”

“哦，蔷薇，你病了！”

屋后竹丛中的一根竹子上，缠着一片葛藤的叶子。虽然没有什么风，但是这张叶子不停地摇动，频率之快，简直令人不可思议。每摇动一次，叶子背面的白光闪烁一下——他凝视着这情景……；两只狗看到了主人，立即从田野里奔回来，一边一只地缠住他，他想躲开而闪着身子……；伯劳鸟在某树枝上尖着嗓子鸣啭……；一群候鸟像是要降落似的在炫眼的夕阳下飞舞……；仰望黄昏时金碧色的天空……；夕阳下，对面山麓下的人家家中升起袅袅炊烟，仿佛静止不动似的……这一切景象都不能使他丢开那句诗：

“哦，蔷薇，你病了！”

这是从他口中说出来的，但不是他的声音。他觉得这是别人的声音。要不然，乃是他当即开口模仿自己的耳朵听到的声音——因为他一整天没有发表过任何意见。

两只狗在齐声叫着。它们听到吠声的回响，很害怕，叫得更加厉害了。于是回响声越来越大，狗的吠声也更加激烈……他的情绪化成了狗吠声，狗吠声替代了他的情绪。

他的妻子在昏暗的厨房里点灶火。妻子想搬回东京去的念头，一定是在此时此景下产生的。不知从什么地方跑回来的猫，不停地叫着，催主人开饭。灶火燃着了，妻子的半边脸蛋被照得通红，显得很难看。插有蔷薇花的玻璃杯一下子从黑暗中浮现出来——站在厨房的角落里。这蔷薇、这被虫蛀蚀了的蔷薇笼罩在烟雾中！

他想去把煤油灯点上，擦着了火柴。就在火柴一下子燃起来、手头骤然发亮的一刹那间，他忘了拿火柴去点煤油灯的灯芯，却侧耳听着那声音：

“哦，蔷薇，你病了！”

火柴梗全燃到后，成了一根红条条，旋即毫无意义地变成了废物，焦黑的火柴头掉落到地席上。他想：“难道是屋里的空气阴湿不佳、腐烂变质了，所以煤油灯也点不着了吗？”他再次擦着了火柴。

“哦，蔷薇，你病了！”

他擦了一根又一根，每擦一根就会听到：“哦，蔷薇，你病了！”

这声音究竟是从哪儿来的呢？是上帝送来的启迪？是预言？

总而言之，这声音一直在跟着他，不论到哪儿，不论到哪儿……